U0061447

一道花崗岩的山脊
一株樹，這就夠了
甚至一塊石，一道小溪
池泊裡一片樹皮，也夠了。

——節錄：史耐德（*Gary Snyder*）〈比幽特溪〉

尋花

香港原生植物手札（增訂版）

——葉曉文

JPC

序

山即是心。這一年，我別無所求，放鬆，讓山野治療我心。曾濯足於大埔滘清溪，擁抱過沙螺灣百年大樟樹，吃過大東山甜美鏽毛莓的我，每次行山都感到愉悅、自在。該如何回饋呢？就寫一本書吧，一本關於香港原生植物的書。

偶然讀到世界植物學權威胡秀英教授為《香港野花》撰寫的序言，提及一九七七年華樂庭夫人（Beryl M. Walden）曾在《華南暨香港四季花畫譜》一書中，畫下香港花卉的芳姿，於是趕緊前往圖書館借閱，一看，果然迷人。令我明白除了攝影，也能以手中畫筆，去展現花草的另一種美態。

已故恩師也斯，素知我喜歡自然山水，曾送我一本他撰寫的散文集《山光水影》，裡面滿載他年輕時在香港山野漫遊的經歷與回憶，令我神往之餘，也帶來無窮啟發——在介紹香港植物之餘，也能結合文學，從另一個角度說說它們的故事嗎？

翻閱典籍，我如落浩瀚大海：從古老的《山海經》，到《詩經》、《楚辭》、《神農本草經》、《本草綱目》、《救荒本草》、《群芳譜》、《廣群芳譜》、《植物名實圖考》等……對植物的紀錄可謂鉅細靡遺；歷代文人雅士以花草入文的例子，更如恆河沙數。

為了把香港原生花草畫好、寫好，我展開為期一年的「尋花」之旅。希望透過文字和畫作，為植物增添意義。落花不是「無情物」，它擁有深厚歷史和獨特的文化意義。

然而，芳菲背後有暗爪張開，這些「紮根本土」原生動植物，正面臨前所未有的危機；近年砍伐土沉香、非法盜掘原生蘭花等罪案不斷發生，加上興建港珠澳大橋、更改綠化地帶土地用途、東北發展計劃等事件，令一眾自然愛好者不寒而慄。要知道，至少需要半世紀，才能長成一個稍為成熟的次生林，我們卻能在極短時間內把它摧毀！一子錯滿盤皆落索，在種種「發展」之前，作為香港人的我們，能先思考清楚嗎？

葉曉文

二〇一四年六月

植物形態術語圖示

葉序

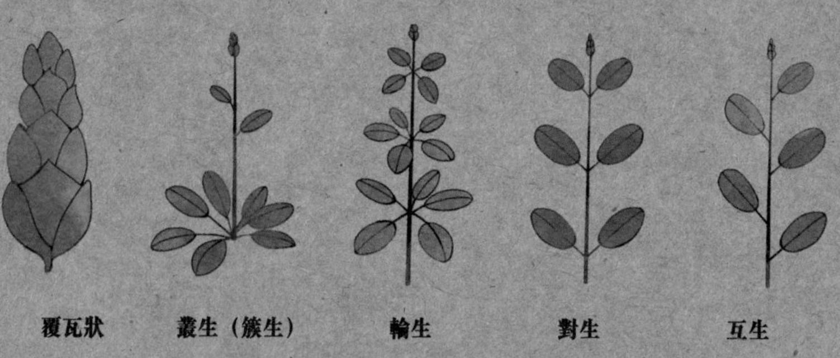

葉緣

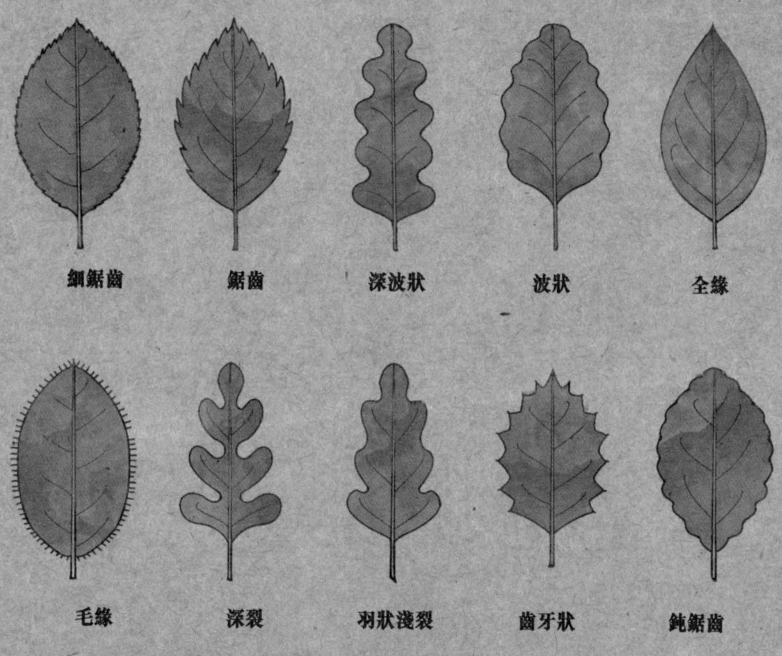

葉形

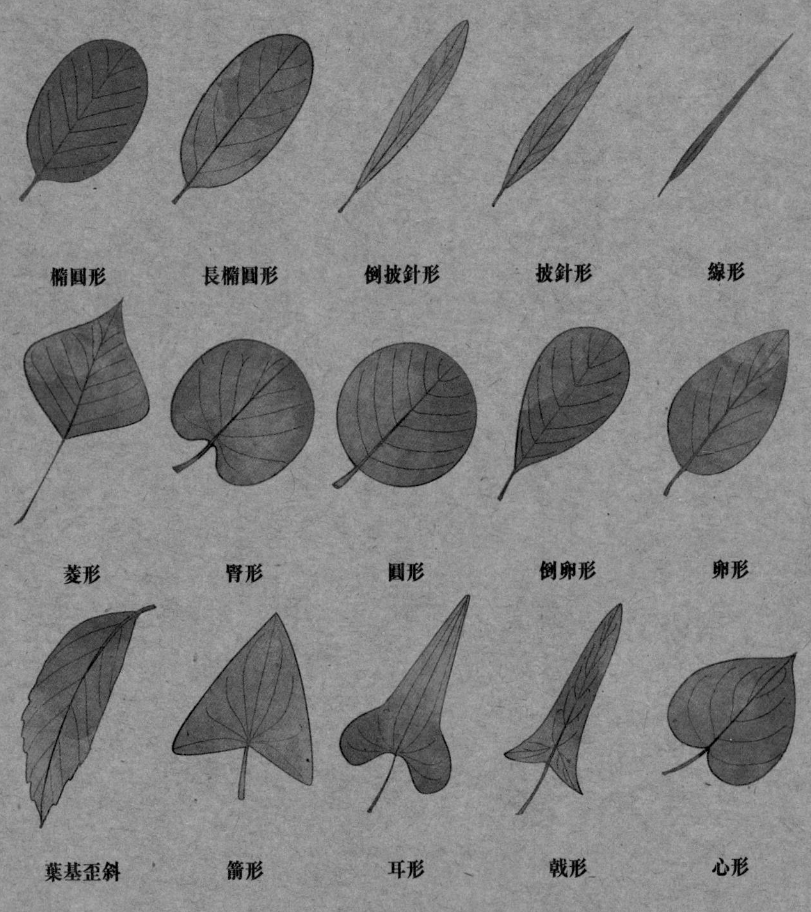

掌狀三裂
掌狀裂
羽狀裂
葉尖兩淺裂
一回羽狀複葉
二回羽狀複葉
單身複葉
盾狀葉
掌狀複葉
三出複葉

果實

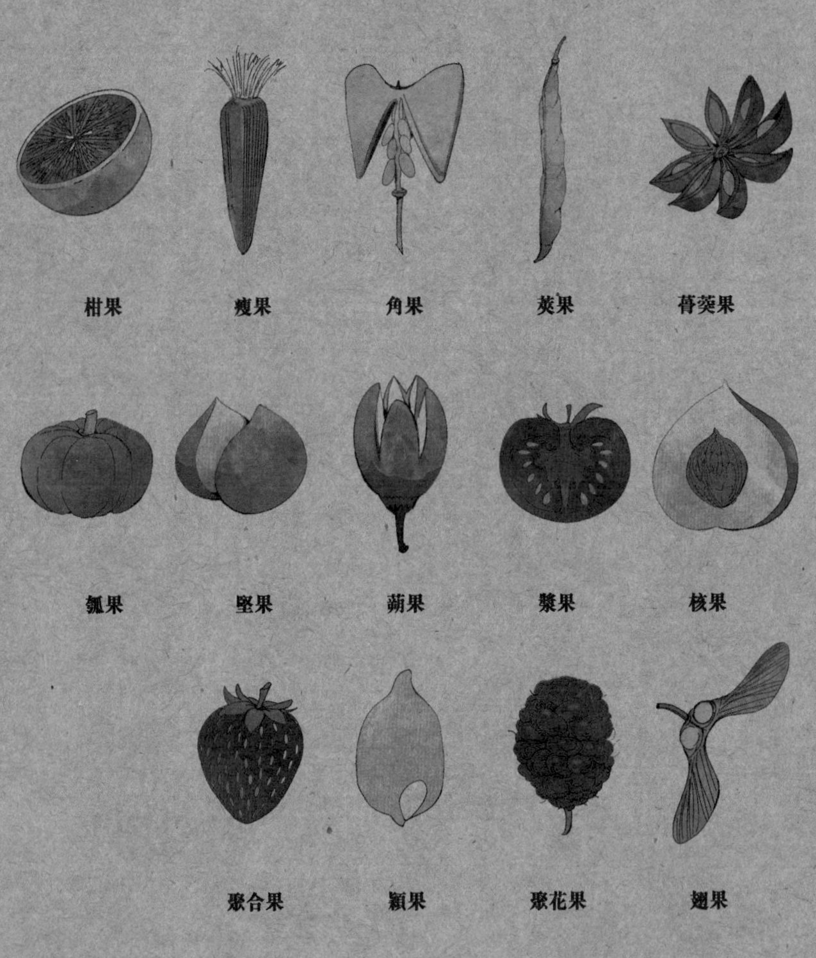

花序

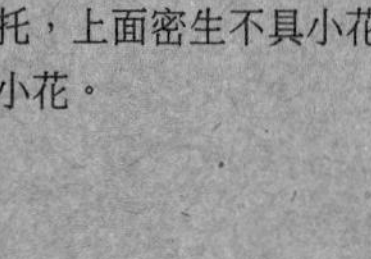

傘形花序

小花柄同等長度，於花軸頂部作輻射狀排列，如傘子形狀。

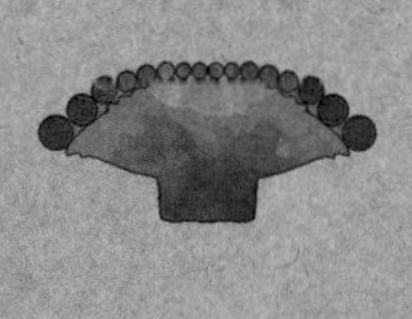

頭狀花序

花軸頂部長有肥厚的盤狀花托，上面密生不具小花梗之小花。

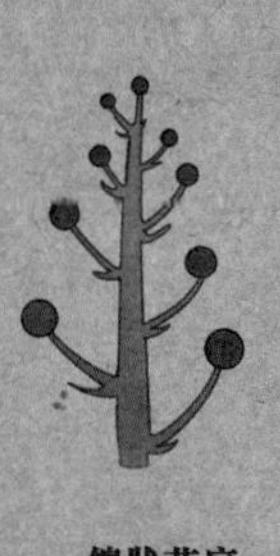

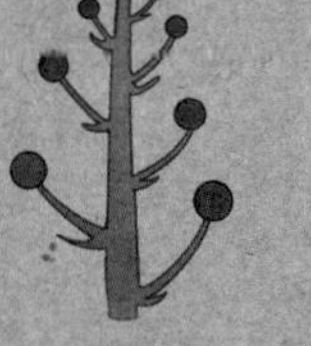

總狀花序

花軸不分枝，花朵由下而上地漸次成熟，每朵花有明顯花柄。

複傘形花序

花軸於頂端分枝，每個分枝頂端呈現傘形花序。

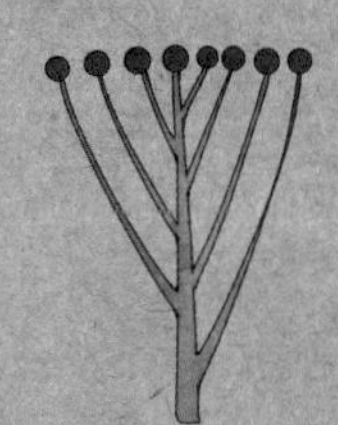

傘房花序

花軸不分枝，具小花梗的花朵著生其上。小花梗長短不一，由下而上漸短，使花朵位置等高，形成平頭花序。

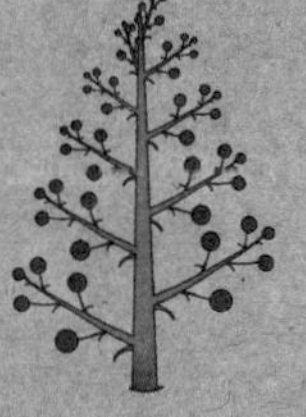

圓錐花序

花軸分枝出總狀花序，故又名「複總狀花序」。

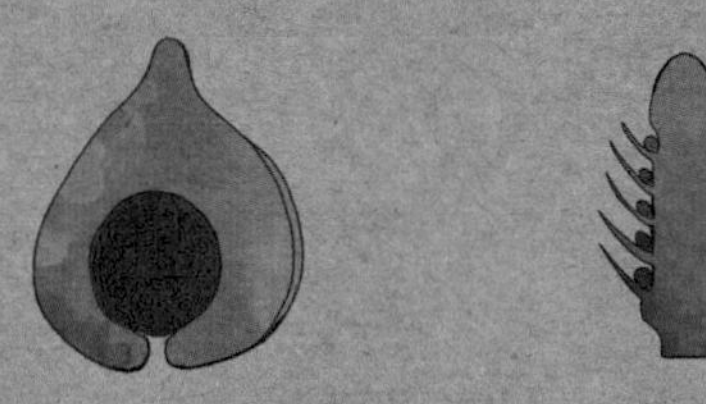

葇荑花序

花軸不分枝，著生單性無小花梗之小花，常呈下垂狀。

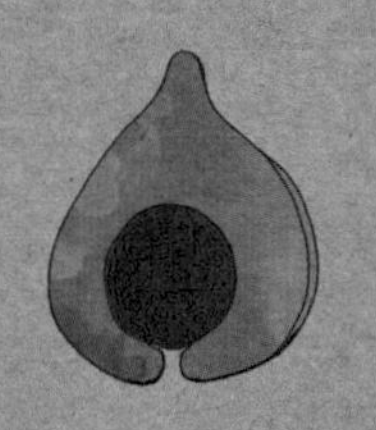

隱頭花序

壺形的肉質中空花軸內。密生不具小花梗的微小花朵。花序外形如果實。所有榕屬植物皆有此種花序。

肉穗狀花序 （佛焰花序）

花軸肥厚肉質，花序多被一大片苞片（佛焰苞）包裹。

螺卷狀聚傘花序

單歧聚傘花序，花軸只向單一方向長出側枝，形成螺卷狀花序。

二歧聚傘花序

複合的聚傘花序。頂端的花朵先盛開，然後是兩側的花梗陸續開花。

聚傘花序

花梗頂端的花先開，其側再長出花朵。

穗狀花序

花軸不分枝，花朵由下而上地漸次成熟，花朵沒有明顯花柄或花柄極短。

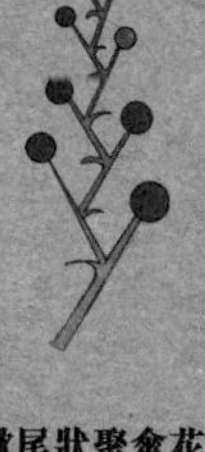

蠍尾狀聚傘花序

單歧聚傘花序，花軸長出的新枝與前段相反，形成「Z」狀花序。

目錄

夏　六月至八月

秋　九月至十一月

冬　十二月至二月

春 三月至五月

極少開花及無花植物

夏

六月至八月

崗松

Dwarf Mountain Pine

別名 Shrubby Baeckea

學名 *Baeckea frutescens* 科名 桃金娘科

種類 被子植物（雙子葉） 習性 灌木

花期 六月至十一月

生境 灌叢、向陽山坡 地點 常見於香港

備注 香港原生種

廣闊得以為是大海。

萬宜水庫的美景令我們一度忘記那是「水庫」。三月底，旱季末，水位降得非常低，露出岸邊極白的石頭，與松石藍色的水形成強烈對比。一排樹皮剝落的白千層站在隄岸，傾斜地沉思；樹冠有黑白藍色的喜鵲，活潑地上下跳躍。我站在瞭望台的大巖石上，伸展雙手模仿天上麻鷹的姿態。那是一個晴朗的午後，山間有清爽的風，左邊是靜謐的松石藍淡水，右邊是浪蕩的綠色大海；陽光下，我時而走向隄左，時而靠近隄右，思考水的不同特質。

萬宜水庫是香港存水量最大的水庫。船灣淡水湖面積最大，儲水卻不比萬宜多。耗時七年而建成的三百三十呎高的隄壩，為淡水與鹹水立下明確分界。同行的隊友回憶數十年前曾途經萬宜水庫走到浪茄，當時的萬宜仍是一個平整的工地，四周一片乾旱，還沒有水。泥頭車揚起塵砂，在道上轟轟流轉……他又記得，從前這一帶有不少村落，可現在它們都在哪裡呢？在哪裡呢？原來都變成了水下的文明，被深深封印在澄藍的湖底裡去。

別過萬宜水庫，開始上山去。我們拗過擺頭墩而走，沿路橫過幾道小澗，卻都已經乾涸，雨季再來的話，相信能看到更多動植物。走了沒多久，帶領我們的嚮導先生在數棵灌木前停下來，介紹某種具香味的植物，他跟山友叫它「白花油草」。

不難明白為何稱「白花油草」，從前人們用它製作藥油，而且名副其實，的確會開五瓣小白花。真正芳名是「崗松」，桃金娘科植物，枝細，葉片呈線形，僅中脈一條。小花白色，單生於葉腋內，花瓣圓形，蒴果細小，種子扁平。愛生長在向陽山坡，耐酸、也耐乾旱。從前人們會把它們曬乾，紮成一束縛在杆上，製成掃帚。原為小喬木，因經常被砍伐或火燒，多呈小灌木狀。

極細小的針狀葉子密密匝匝地長在瘦枝末端，試著把數針小葉捻下來吧，放在鼻尖，藥油味道令所有人精神為之一振！「索一索舒筋活絡，聞一聞零舍醒神。」拉拉腳筋、縮縮肩膀，我們繼續往前邁步，走向前方更美麗的風景。

薏苡 Job's Tears

學名 *Coix lacryma-jobi*

科名 禾本科　種類 被子植物（單子葉）

習性 一年生草本　花果期 六月至十二月

生境 潮濕的地方、溝渠、開闊田野

地點 常見於香港　分佈 廣泛分佈於中國

備注 香港原生種

我們到南生圍畫畫。餓了，到一間外牆海藍色的小士多吃午飯，然後向士多婆婆借兩張高腳椅子，挑選一個最美好的角度寫生。下午天氣很好，燦爛陽光投在檸檬桉樹葉間，構成強烈的陰影。一整天的光照下，我們也同被搾乾，回程時，急忙買杯「檸檬薏米水」解渴。

薏米就是農作物薏苡的種子，在雜貨舖或超級市場能輕易買到，夏季我也愛用生熟薏米煲水，能利水袪濕。而薏苡植株則常見於村邊，屬一年生粗壯草本，約一至二米高。葉片扁平寬大，基部渾圓，中脈粗厚。總狀花序腋生成束，具長長的梗。雌小穗外面包以骨質念珠狀之總苞，堅硬並有光澤，而柱頭從總苞之頂端伸出；雄小穗二到三對，著生於花序上部。

薏苡不靠艷麗的花瓣吸引昆蟲，主要依靠風力傳播花粉；花不顯眼，總苞卻十分有趣：那是一層包裹著種子的硬殼，堅硬平滑，又有白、灰、藍、紫等各色，在陽光下反射出柔和光澤，不少人會收集起來，穿線成串，製成各種工藝品。

成語中有句「薏苡之謗」，比喻蒙受冤屈。典故出自《後漢書・馬援列傳》。話說漢光武帝時，將軍馬援奉命去南疆（今廣東、廣西等地）平定叛亂。在當地，將軍經常吃能除瘴氣的薏米——他又發覺南方的薏苡果實特別碩大，於是回軍時載了一車種子，打算日後栽種。然而朝中權貴認為，車中所裝的必定是明珠珍寶，但由於馬援受光武帝重用，權貴們只暗中竊竊私語；等到馬援死後，就即刻上書誣告他搜刮大量寶物，並私吞己有。皇帝大為震怒，馬援的家屬感到惶恐非常，甚至不敢舉行葬禮。

明明只是從南方運來不值錢的薏米，卻在死後被讒言說成了明珠，讓自己和妻兒蒙難。後人遂以「薏苡之謗」或「薏苡明珠」比喻被人誣陷，蒙受冤屈。

黃槿
Cuban Bast

學名 *Hibiscus tiliaceus*
科名 錦葵科　種類 被子植物（雙子葉）
習性 灌木　花期 七月至八月
生境 灌叢、紅樹林後緣
地點 香港島、石澳、馬料水、米埔
備注 香港原生種

今天氣溫二十五度，和暖，天晴。屬「類紅樹」的黃槿，此刻在海邊開得燦爛，應和著三門仔的陽光。

黃槿高三至七米，樹皮灰白色。葉片近圓形或寬卵形，全緣或具不明顯細圓齒。花序頂生或腋生，花冠鐘形，直徑六至七厘米，花瓣黃色，內面基部暗紫色。這種海濱常見的植物極有實用價值，樹皮纖維能供製繩索，嫩枝葉則供蔬食；在廣州及廣東沿海地區小城鎮也常有栽培，作為行人道植物。

午後的三門仔很安靜，只幾所村屋靜靜躺臥海邊午睡。當你漫步於碎石下坡路，「嚓嚓」聲自腳邊升起，漸漸地你再也分不清那是海浪拍岸還是石子與鞋摩擦的聲音。老婆婆立在溫煦的陽光中，曬魚乾、蝦乾或蠔豉。微鹹而濕潤的海風送到鼻子前，吸一口，會嗅到三門仔的樸實。

緩緩往下走再拐個彎就是小碼頭。碼頭盡頭有水喉和水龍頭，提供淡水，讓上落的漁家和遊人洗手洗臉；那裡的水龍頭不知為何總關不牢，水淌下來，落在下面的粗麻繩上，一大束嫩綠的小葉子便笑著探出頭來。抬頭看見蔚藍天空沒有一片雲，午後陽光照耀海面，一群銀色小魚「沙沙」在水面舞動，濺起雪白水花。和風迎面吹來，數隻小白鷺乘風飛到更高更遠的地方去。

回程的小巴站旁邊有座簷兒彎彎、白磚綠瓦的小亭，像站在逆光中展翅的鳥。亭內有老婆婆賣自家製的南瓜蓮蓉茶粿，遂買了兩份：米糕煙韌，蓮蓉香甜，味美非常。吃罷茶粿，手上剩下兩塊與茶粿同蒸的心形葉子，一看，不就是黃槿葉子嗎？原來人們習慣用黃槿葉作墊子，放在蒸籠內與粿兒一塊蒸，既可散發出特殊的香味，蒸妥後又可以托著粿葉吃，方便又不黏手。這也是為甚麼黃槿又稱「粿葉樹」的原因了。

蘆葦

Common Reedgrass

學名 *Phragmites australis*

科名 禾本科　種類 被子植物（單子葉）

習性 多年生草本植物　花期及果期 七月至十一月

生境 海灘、河岸、池塘邊

地點 新界、大嶼山

備注 香港原生種

於米埔遊走一整天。五時許，已向晚，天色漸淡。耳際傳來鳥的鳴叫，同行朋友都望向河岸去—— 數百隻黑色的鸕鶿停在水邊十數棵枝葉疏落的樹上，準備夜間休息。樹下還有碩大的紫鷺和蒼鷺，引長頸項互相對峙。

我轉身，看見背後的雲層已轉成淺橙色，雲下有密密的蘆葦叢林，蘆葦結於末端的淡紫色穗子，在幽暗的天色中微微搖擺。我呆著，想起宋代王禹偁的〈泛吳松江〉：「葦篷疏薄漏斜陽，半日孤吟未過江。唯有鷺鷥知我意，時時翹足對船窗。」詩人之孤寂、苦悶、遲疑，此刻，我彷彿能稍稍理解。

蘆葦是禾本科的多年生草本植物，一如其他禾本植物，它直立的稈子是中空的，可長高至三米。大型圓錐形的花序，能長至二十至四十厘米，多分枝成稠密下垂的小穗；小穗長約十二毫米，含四至五朵小花，兩側密生等長於外稃的絲狀柔毛。你很少看見蘆葦單獨一枝，正如竹子，它們依靠地下莖迅速繁殖，常以群落姿態在河隄、沼澤、池塘沿岸等濕地出現。它極有實用效益，古人常用堅韌的葦稈蓋房子、搭建臨時建築、織席、編簍，甚至作為造紙原料，乾枯的葦稈則可生火，莖、葉嫩時為飼料，根狀莖能供藥用。

米埔有極多蘆葦，和風輕吹，蘆葦的花葉落在水裡，為小蝦小魚提供食糧。茂密的蘆葦叢也是水禽棲息的好地方，在米埔，你總能看到綠頭鴨和琵嘴鴨把頭扭轉，在叢下悠然整理背部的羽毛。

蘆葦有頑強生命力，能在貧瘠惡劣的環境下生存，為人類及其他生物帶來不可計量的效益，卻永遠如斯低調，在黃昏寧靜的水邊，靜默地、緊密地，依偎而立。

Chinese Knotweed

學名 *Polygonum chinense*

科名 蓼科　種類 被子植物（雙子葉）

習性 多年生草本植物

花期 七月至九月　果期 八月至十一月

生境 溝渠、荒地、路旁　地點 常見於香港

備注 香港原生種

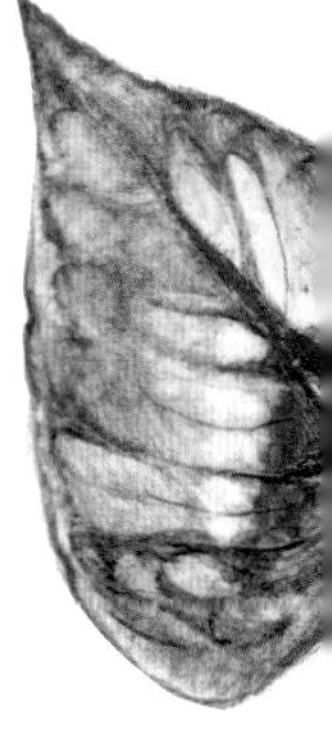

這是我最先學會辨認的草藥植物。

火炭母屬多年生草本，具匍匐根狀莖，常於溝渠、荒地、路旁攀爬。莖帶紅棕色，葉子表面有紫藍色「V」字印記，有型易辨認，其他部份亦甚可觀，淡粉紅色或白色的小花花苞成束聚在頂部，脹卜卜的，果實也甚可愛，成熟時呈紫黑色，如迷你的中式水晶包。蓼科植物多於水邊生長，特徵正是枝葉相連的節位，往往會有一層小薄膜輕輕包裹，稱「托葉鞘」。

火炭母是廿四味的材料之一，但因為藥性較烈，女人不宜多飲，中藥店已漸少售賣。具藥性的蓼科植物，除了火炭母，著名的還有何首烏（*Fallopia multiflora*）。而另一種同屬蓼科的水蓼（*Polygonum hydropiper*），因葉片具辛辣味，更是古時食品調味料中的五辛之一（蔥、蒜、韭、蓼、芥），古人多與魚雞同煮，以除去肉類的腥羶味道。

除了入藥及調味，蓼科植物也有其他用處，最著名莫過於蓼藍（*Persicaria*

tinctoria），它是古代製作靛藍染料的植物。在人造染料發明之前，藍染植物的需求非常大，江蘇著名傳統藍印花布，即用蓼藍作為染料。曾訪問一位對印染工藝及刺繡極有研究的專業人士，特別提出「植物染」與「科學染」的分別，她認為「植物染」都極為漂亮，順眼不刺目，「科學染」則較濃艷及老土。

中國國畫中的「花青」色，色源也正正來自蓼藍。我把丁點花青顏料放在冰涼的梅花瓷碟上吧，加入藤黃，然後用飽吸水份的筆尖溫柔地轉圈圈，即能調成美麗的嫩草綠色，滋潤了眼睛。

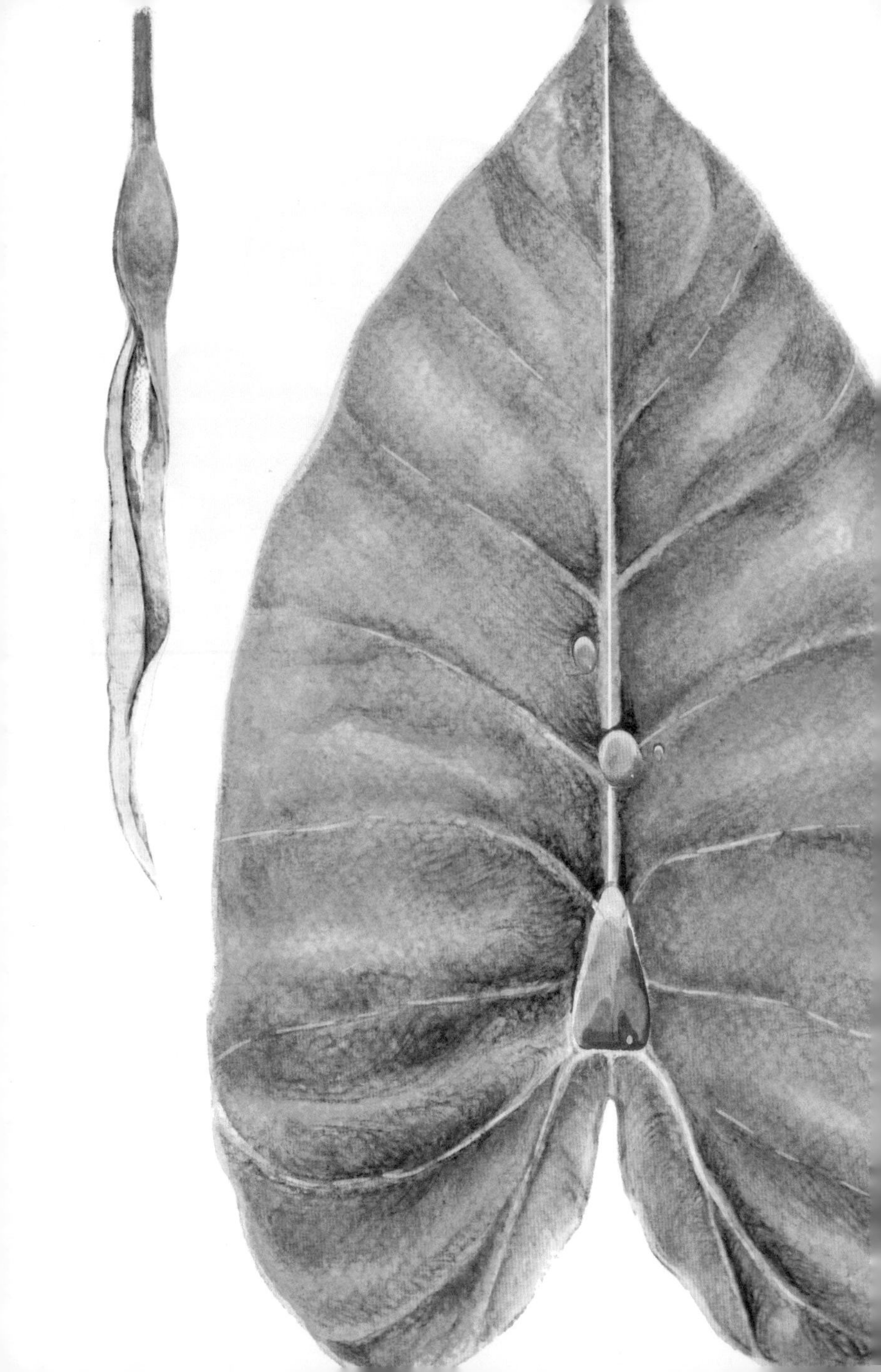

Taro 芋

學名 *Colocasia esculenta*

科名 天南星科　種類 被子植物（單子葉）

習性 多年生草本植物　花期 八月至九月

生境 野地　地點 常見於香港（栽培或野生）

備注 香港原生種

不得不先談談「芋」此名字的可愛緣起。東漢許慎編著的《說文解字》中，對芋頭作出生動記載：「大葉，實根，駭人，故謂之芋。」原來古人在林中看見芋的巨大葉子、堅實的根，不禁「吁」一聲驚叫！自此稱這種植物為「芋」。

司馬遷《史記．項羽本紀》也曾記載楚人「食芋菽」以充飢。唐代以後，有更多詩文提及芋的植栽，以「詩中有畫」馳名的王維，在〈田家〉也曾描寫芋曰：「夕雨紅榴拆，新秋綠芋肥。」輕輕兩句已點出季節時令、紅榴綠芋的蓬勃姿態。

芋屬多年生草本，塊莖通常卵形，均富含澱粉。葉有二至三枚或更多，葉柄長於葉片，葉片卵狀，長二十至五十厘米。佛焰苞淡黃色至綠白色。肉穗花序長約十厘米。芋與海芋（*Alocasia macrorrhizos*）注同屬天南星科植物，外觀相近，葉子皆呈心形，卻是兩種不同植物。芋頭塊莖可吃，海芋則有毒。把海芋葉柄折斷的話，會淌出白色乳汁，乳汁沾身，皮膚會發癢，眼與汁液接觸更可能導致失明。事實上食用的生芋頭也含草酸鈣，接觸到皮膚亦會刺激發癢，生食能痲口，但只要把芋頭煮熟，便能安心食用。

仔細觀察能發現兩者有微妙不同。海芋的葉子寬平、表面光滑地，水點落在上面馬上滑開，又因為葉色油綠青翠，你偶爾會發現水果店會用肥大的海芋葉子，鋪墊七彩的水果。芋頭葉子則比海芋窄小，葉面披「納米級數」的凹凸微結構，因此在潮濕的早晨，露水經常停留在葉面，在晨光下一閃一閃地，如貪睡的顆星星，安躺在溫軟綿密的絲絨上。

注：非台灣海芋，台灣所稱的海芋是馬蹄蓮（*Zanteceschia aethiopica*），同屬天南星科植物。

虎斑石豆蘭

Tiger Bulbophyllum

學名 *Bulbophyllum tigridum*

科名 蘭科　種類 被子植物（單子葉）

習性 附生草本　花期 八月至十月

生境 向陽石上

分佈 廣東及香港

備注 香港原生種;

已列入香港法例第96章及香港法例第586章

陽光比想像猛烈，烤出了一背脊的汗，又把汗蒸騰乾了。且行且休，累時丟下沉重背包，側躺在樹和石上，笑著聆聽路過的小孩子們如何向父母抱怨山高路遠。

走過那麼多迂迴的小路，越過高山又越過低谷。終於連食水也不夠了，我們只好蹲在水量極微小的濕石壁旁邊，拾起一片光滑的葉子，輕輕架放在樽口與石頭間，收集自石縫流出的山中甘露；靜待，滴水把水樽填充至半滿，或是完滿。

我立在危崖邊，轉一轉身，碎石已落到深谷去，膽戰心驚間還不忘從背包抽出相機，拍下不太常見的尖苞帚菊（*Pertya pungens*）。緊跟在同伴後方，早已忘記路線，到底攀過多少幅山坡多少塊巨石頭？筋疲力盡，邊喘邊走，同伴指一指，回頭，竟發覺原來已立在虎斑石豆蘭旁邊。

附生在懸崖大石上的虎斑石豆蘭，植株小，數量稀寡，顯出孤高剛強的氣質。

虎斑石豆蘭為附生蘭花，假鱗莖卵狀圓錐形，具縱向皺紋，呈深綠色，隨年月變為紫紅。狹卵形葉子單生，可達三厘米，葉革質，尖端稍微凹缺。花序長達六厘米，具三至八朵花。花苞片狹披針形；中萼片與花瓣黃色並帶有紫紅色脈紋，側萼片鮮黃色，長一點五厘米，基部貼生在蕊柱足上，唇瓣與蕊柱足末端連接成活動關節。

石豆蘭屬（*Bulbophyllum*）為蘭科中最大的屬，全球約一千種，分佈於亞洲、美洲、非洲等熱帶和亞熱帶地區，主要生長在陽坡的岩石上。在清朝植物學家吳其濬所著的《植物名實圖考》〈石草卷〉中，亦有圖文並茂地記載「石豆」，惟欠缺花朵形態，未能顯示為哪一品種。內地也有人以石豆蘭作藥用，如短齒石豆蘭（*Bulbophyllum griffithii*）、梳帽石豆蘭（*B. andersonii*）等，多數以全草藥用，部份只用假鱗莖，作內服或外敷用。石豆蘭在泰國、緬甸等地均有栽培，在中國則不普遍。由於石豆蘭株形優美，花形奇特，具有觀賞價值，因此野生石豆蘭常遭濫挖，其數量已大為減少。

蘘荷

Mioga Ginger

學名 *Zingiber mioga*

科名 薑科　種類 被子植物（單子葉）

花期 八月至十月　生境 山谷潮濕處

分佈 廣東、廣西、雲南、貴州、湖南、江西、安徽、江蘇、浙江、日本

備注 香港原生種

同行山友們為假蚊母樹的果實拍照，我則坐在平坦的大石上吃叉燒包。嚴寒冬日下的陽光格外奢侈，我說自己是隻變溫動物，像一尾懶洋洋的蜥蜴正在吸收太陽能量。

冒著嗖嗖涼風，我縮低身子走路，忽然前方眼尖的同伴在草堆中三扒兩撥，兩株漂亮的蘘荷隨即呈現眼前！鮮紅的果實正好成熟開裂，露出裡面黑白色的種子。

蘘荷屬薑科，株高五十厘米至一米。泥土下埋著淡黃色的根莖，它的葉片披針狀橢圓形，冬天時葉片會褪掉枯萎。花序長五至七厘米；紅綠色的苞片呈覆瓦狀排列，並具紫脈；花兒淡黃色。而我們所見的是果實，外表呈鮮紅色；內裡有黑色種子，外被白色假種皮，看起來有點像蛀牙。

古時人們會種植蘘荷。原來蘘荷和其他薑一樣有芳香氣息，其幼嫩花序常用於烹調肉類；《楚辭．大招》曰：「醢豚苦狗，膾苴蓴只」，即指會於豬狗肉中加入切細的苴蓴（即蘘荷）同煮，用以除腥調味。除了烹煮，《齊民要術》亦摘述《食經》中蘘荷的另一種吃法：用苦酒把蘘荷稍微燙一燙，冷卻後一層層排於罌內，一層蘘荷，一層梅乾，最後再澆上鹽醋，醃漬二十日後食用。

西晉文學家潘岳，常稱潘安（古書中看到西晉的美男子潘安就是潘岳囉），他所寫的《閒居賦》曾提及蘘荷。當時潘岳五十歲，正是半百之翁，面對仕途浮沉，一時心灰意冷，產生了隱逸田園的意念，由是寫下《閒居賦》，概述想像中隱逸閒居的理想藍圖：「爰定我居，築室穿池，長楊映沼，芳枳樹樆，游鱗瀺灂，菡萏敷披……蘘荷依陰，時藿向陽。」除了想在庭園植樹養魚，在池塘栽荷花外，也不忘在潮濕稍陰的地方種蘘荷呢。

當然，在一千五百年後的今天，超市和街市放滿林林總總的蔬菜及調味料，現在除了日本人外，已甚少用到蘘荷。相對於它的味道與藥效，我還是更渴望來年繼續在香港野外欣賞它美麗可愛的花與果。

秋　九月至十一月

香港蛇菰

Hong Kong Balanophora

學名 *Balanophora hongkongensis*

科名 蛇菰科　種類 被子植物（雙子葉）

習性 草本植物　花期及果期 九月至十一月

生境 林下　地點 青山

備注 香港特有原生種

不少人把蛇菰誤當菌類。事實上，基部擁有鱗片狀葉，頂部長出聚生小花的蛇菰，是不折不扣的開花草本植物。但由於它滿身通紅，不若一般植物擁有翠綠的葉子，花序也長得像極可愛小蘑菇，難免易惹誤會。

全世界有五十種蛇菰，主要分佈於熱帶地區，香港有兩種——紅苳蛇菰（*Balanophora harlandii*）及香港蛇菰。香港蛇菰雌雄異株，約三至十厘米高。塊莖淡黃棕色，表面呈不規則瘤狀，莖橙紅色，鱗片葉互生。雄花序呈圓柱形，近乎無柄，花有裂片四至六瓣，雌花序呈卵形至長橢圓形。

香港蛇菰於一九九二年十二月在人跡稀少的青山山坡首次被劉啟文博士、李甯漢醫師和胡秀英教授發現，二〇〇〇年正式採集標本，並在二〇〇三年確定為科學上的新品種。那是繼一九九〇年發現香港細辛（*Asarum hongkongense*）後，在香港發現的另一個植物新種。

沒有綠葉子的蛇菰們缺乏葉綠素，豈不無法進行光合作用？是的，它們屬

「寄生植物」，總是寄人籬下，以吸器從寄主植物的根部直接「分甘同味」、汲取養分。因此，站在長滿寄主植物的林下，你或可見到小面積分佈的蛇菰群落；然而它們必須依賴寄主而生存，倘若林中寄主植物消亡，蛇菰亦必無法獨立活存。

較常見的紅莖蛇菰常附生在多種灌木及喬木的根部（據説寄主多是大麻屬和葛屬植物）。香港蛇菰則比較罕有，要找到它們，你不得不先認好其寄主植物——蘇木科的缺葉藤（*Bauhinia champicnii*）。

蛇菰依靠昆蟲傳播花粉，花穗所分泌的花蜜吸引不少小型昆蟲如黃蜂、果蠅及螞蟻踴躍「幫襯」。根寄生蛇菰科既有耀目外形，也有獨特的生存方式，處於特殊的生態位置，實在是植物界中的奇葩。

香港鳳仙

Hong Kong Balsam

學名 *Impatiens hongkongensis*
料名 鳳仙花科　種類 被子植物（雙子葉）
習性 多年生草本植物　花期 十月
生境 溪邊潮濕處
地點 大帽山、大埔滘、梧桐寨、元墩下、馬鞍山
備注 香港原生種；已列入香港法例第96章；
列入《香港稀有及珍貴植物》瀕危（EN）

見過的香港鳳仙都長在終年潮濕的溪流旁邊，在充滿蕨類及苔蘚植物的林蔭下怡然開花，花色耀眼，姿態栩栩生動，如躍動的花仙子。

這位仙子於一九二七年在大埔首次被發現，並於一九七九年發表為新種。正如香港巴豆，香港鳳仙暫時僅於香港有紀錄，對於研究本港乃至中國植物區系均有重要的科學價值。遂被列為「瀕危」（EN），即屬極需保護的品種。

香港鳳仙屬多年生草本，高約六十厘米，全株無毛，莖直立。葉呈螺旋狀排列，橢圓形，邊緣具極淺圓齒。花是淡黃色的，具有紅色或淡紅紫色斑點。花朵外形與別不同，花萼下是獨特的囊狀構造，如春天的搖籃。蒴果棒狀，成熟後，對外界的觸摸非常敏感，碰下去隨時一觸即爆！彈射到幾米之外。鳳仙拉丁屬名 *Impatiens*（意即：沒耐性的），把果實特性形容得活靈活現；有趣的是，中國清朝汪灝編的《廣群芳譜》亦不約而同地描述鳳仙「果實生青熟黃，觸之即自裂，故又有急性子之名。」

自宋代開始，閨閣兒女便懂得利用鳳仙花為指甲添色。她們將紅色品種的鳳仙花搗碎，加入明礬伴勻，再以小絲巾或紗布浸透後，塗抹束於指甲上；一晚後，褪去紗布，指甲上的胭脂色，數月不褪，紅艷如新。如此親切的花朵當然也是詩中常見題材；南宋楊萬里寫《金鳳花》：「細看金鳳小花叢，費盡司花染作工。雪色白邊袍色紫，更饒深淺四般紅。」描述古人利用鳳仙花作染料，漂染出深淺圖案不同的衣裳。

喜歡鳳仙的原因還有私人情意結。它淡黃的花色，像極小時候我最愛吃的、一種叫「鳳仙」的雪條。鳳仙雪條的結構有三層：最外層是淡黃色的香蕉味朱古力脆皮，把脆皮咬去，中層是雲呢拿雪糕，最內層是香甜的芒果味冰冰；一層層慢慢吃下去，滋味無窮。

常綠臭椿
Ailanthus

別名 福氏臭椿，Green Ailanthus

學名 *Ailanthus fordii*

科名 苦木科 種類 被子植物（雙子葉）

習性 小喬木 花期 十月至十一月 果期 十二月至四月

生境 林下、也培養在公園和路旁

地點 鶴咀、歌賦山、沙田、馬鞍山、南丫島

備注 香港原生種；
已列入香港法例第96章；
列入《香港稀有及珍貴植物》近危（NT）

頂生的葉簇，像一把把張開的深綠色雨傘，頗易辨認。我跟常綠臭椿的相遇，非在野外，竟是在我家附近的公園裡——原來在香港被列作稀有及珍貴植物的它，因廣為培植，現已成為香港一百種常見樹木之一。

常綠臭椿屬常綠喬木。小枝灰褐色，密被微柔毛。葉聚生於樹幹頂端，對生或近對生，長卵圓形，全緣。圓錐花序頂生，花單性或雜性，黃色。翅果長三至五厘米。它是香港首發現植物，模式標本[注]由當時的香港植物及林務主管 C. Ford 於一八八四年至一八八六年間自香港島採集，故常綠臭椿又稱福氏臭椿。

臭椿早於《詩經》已有記載，古名為「樗」。葉子有臭味的「臭椿」跟嫩芽芳香可食的「香椿」（*Toona sinensis*）恍如對倒，自古以來，乃被唾棄的惡木。《莊子．逍遙遊》中，惠子曾瘋狂數落臭椿：「吾有大樹，人謂之樗。其大本臃腫而不中繩墨，其小枝卷曲而不中規矩，匠者不顧。」指家中的臭椿樹主幹長出一個個樹瘤，既做不成棟梁，而且小枝彎彎曲曲沒有規矩，也不適作圓規和角尺取材之用，因此長在道路上，木匠也對它不屑一顧！古人也常以「樗櫟」為謙詞，謙稱自己乃「無用之材」，如明朝朱鼎《玉鏡台記·聞雞起舞》曰：「下官樗櫟之才，豈足為元帥副。」

常綠臭椿常被培養在公園和路旁；但由於雄樹有難聞的氣味（男人味乎？），一般只選種雌樹。我家附近公園裡的四棵，現正寂寞地站在那裡，盡受夏日艷陽曝曬。可真是一無可取處嗎？又未必。常綠臭椿對土質的要求不高，耐旱耐寒，生長迅速，至少可種植於田間，作為抵擋風沙的樹呢。

注：用作描述及發表新種的依據，世界上每個植物種只有一個相應的模式標本。

Hong Kong Jewel Orchid

別名 容氏開唇蘭

學名 *Anoectochilus yungianus*

科名 蘭科　種類 被子植物（單子葉）

習性 草本植物　花期 十一月至一月

地點 大帽山、馬鞍山　生境 遮蔭和潮濕林中

備注 香港特有原生種;
已列入香港法例第96章及第586章

幽靜清涼的高地絕嶺中，近溪流的巨大巖石下，我帶著感動，慢慢走向這株絕美蘭花。葉子花紋極其華麗，彷彿在墨綠的厚絨上，綉上貴氣的金線與紅線。不論花葉皆極為耀眼，在曦微的清秋陽光下，泛起珍珠色的光輝，但此刻她似乎帶著嬌羞，以褐綠色的枯葉作掩護，把自己身影埋藏於腐殖質土壤的陰暗處。這的確很好。

開唇蘭屬（*Anoectochilus*）分佈於亞洲熱帶地區至澳洲，全世界約有四十種，中國已知約二十種，香港僅一種，正是香港金線蘭，於一九七一年由香港植物學家胡秀英教授在大帽山發現，而有關香港金線蘭作為新物種的論文「The Orchidaceae of China」則在 *Quarterly Journal of the Taiwan Museum* 中發表。

香港金線蘭屬地生草本，植株高十至二十厘米。肉質莖呈圓柱形，淺桃紅色。卵形的肉質葉呈暗綠色，具金紅色帶絲絨光澤的美麗網脈。總狀花序，花瓣白色，兩側邊緣各具五至六條長約四毫米的流蘇狀細爪。據《香港蘭花》

記載，此品種僅零星地發現過數次，數量極為稀少，更有下降趨勢。作為植物愛好者，對於香港金線蘭的安危，無疑極其擔憂。中國大量野生蘭科植物正處於瀕危狀態，廣州野生蘭花四十多種已全部列入瀕危目錄，主要原因在於野生蘭科植物，正遭受日益瘋狂的偷挖濫採；加上蘭科植物本身生長速度慢、繁殖能力低，部份野生蘭花現已難覓蹤跡。

香港金線蘭屬香港特有種（Endemic to Hong Kong），世界其他地方暫未有發現紀錄，因此，下次有緣的你跟她在野外邂逅時，請為她們守密，不要隨便公開其生境所在位置，否則這些日漸稀少、又似乎「炙手可熱」的香港特有品種，即將跟本地土沉香一樣，面臨前所未有的滅絕危機……現在，我真要跟她告別了，渴望明年今日，仍有幸再見她柔媚婉約的姿影。

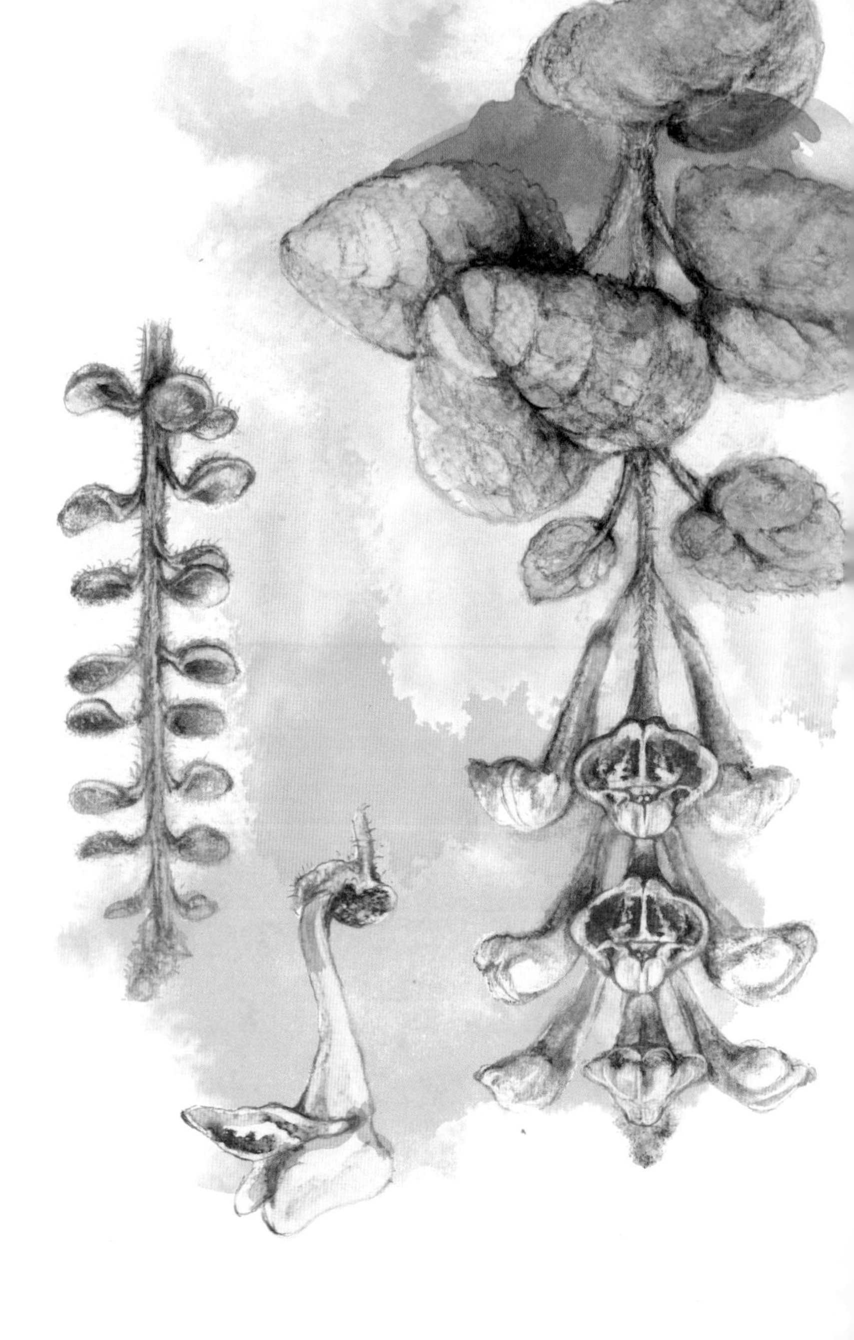

韓信草

Skullcap

別名 耳挖草

學名 *Scutellaria indica*

科名 唇形科　種類 被子植物（雙子葉）

習性 多年生草本　花期及果期 十一月至三月

生境 叢林邊、草地　地點 常見於香港

備注 香港原生種

已屆下午五時，不知不覺間，行程已近四小時；我們繞過整個擺頭墩山嶺[注]，向尾段的上窰進發。不知什麼時候開始，上坡路漸漸變成下坡路，接下來，是緊接的大石級；小腿和膝蓋早已酸軟無力，卻還是時刻警戒自己不要讓腳踩進石隙中，遂以「跳飛機」的姿態左蹦右躍。現在，瓶子裡的水只剩下五分一了，相機一直緊緊拿在手中，卻物無所用——今天大概沒能拍到有趣的植物吧。

體力下降得極快，懦弱的我只想儘快完成餘下行程。又拐一個大彎，突然眼邊閃過兩棵亮眼的小草！我急停，倒退幾步，大叫：「找到你了！」蹲下來，不顧儀態地用相機拍了又拍。兩位朋友停下來說：「相當嬌小玲瓏呢！」

那是精神奕奕的韓信草。株高通常在十二至二十八厘米之間，帶毛直立的莖上是心形葉片，葉片邊緣有整齊圓齒，正反面都有柔毛覆蓋。一株十多朵有帶斑紋的淺紫色花兒，永遠排列整齊，向途人展現活力四射的笑靨，成熟的小果實常帶栗色或暗褐色。

對的，小草的名字的確跟劉邦麾下大將韓信有關。話說韓信年青時父母雙亡，孑然一身，只靠賣魚苦苦度日。某天在市集擺賣時，被惡人痛毆至臥床不起。好心腸的鄰居從田地弄來一種草藥，給他煎湯服用，果然迅速痊癒！他把這種小草的外貌牢牢記好，後來入伍從軍，每次戰鬥結束，都會為麾下傷兵以相同方法煎湯熬藥，士兵遂稱此草為「韓信草」。韓信草的藥用功能並非傳說，據《嶺南草藥》載：「味辛，性平，治跌打傷，祛風，壯筋骨，治蚊傷，散血消腫，以之浸酒妙」；《貴陽民間藥草》也載：「全草入藥，苦、寒、無毒，有平肝消熱之功」。

由於宿存萼形狀如耳挖，因此也被喚作「耳挖草」。我想起小時候其中一種「親子活動」，正是我跟弟弟輪流躺在沙發上，讓父親採耳，他總是以此為樂，「出土」的「寶藏」愈大，愈有滿足感。

注：擺頭墩山嶺位於西貢萬宜水庫西鄰小半島。

洋紫荊

Hong Kong Orchid Tree

別名 香港蘭　學名 *Bauhinia x blakeana*

科名 蘇木科　種類 被子植物（雙子葉）

習性 喬木　花期 十一月至三月

生境 栽培　地點 常見於香港

備注 香港原生種

從前的小學將通識科分拆成「社會」、「科學」、「健教」三科。小一上科學課，教「香港常見樹木」，第一課介紹的喬木，就是香港市花「洋紫荊」。

洋紫荊別稱「香港蘭」，於香港首次發現，一九六五年獲定為香港市花。它被發現的經過是：一八八〇年，香港島薄扶林鋼線灣的海邊，一名法國神父在頹垣中發現了一株不結種子的羊蹄甲，他捏捏下巴，左觀右察，覺得頗有意思，遂用插枝方式把它移植至薄扶林道一帶的伯大尼修道院，其後再引進到植物公園。一九〇八年，正式辨認「洋紫荊」為新發現品種。

洋紫荊屬喬木，小枝包裹短柔毛，葉片寬心形。花大，瓣呈紅紫色，近軸的一片花瓣中間至基部呈深紫紅色；雄蕊五枚，三枚較長。公園及路邊廣泛栽種，花朵優美，花期長，由十一月至翌年三月。

為什麼洋紫荊花色較宮粉羊蹄甲來得殷紅濃艷？為什麼它不能生育結籽？一世紀過去了，二〇〇五年，研究終於證實洋紫荊是紅花羊蹄甲和宮粉羊蹄甲的混種。它花大而艷麗，但通常不結果，只能以扦插法或嫁接法繁殖，因此，現時所見到的洋紫荊，其實都是該棵於一八八〇年首次於野外發現的洋紫荊的複製品。

《基本法》總則第十條中有：「香港特別行政區的區旗是五星花蕊的紫荊花紅旗。」奇怪，怎麼「洋紫荊」變成「紫荊花」？懷疑出於政治避諱，遂略去「洋紫荊」的「洋」字。此舉導致不少人將洋紫荊跟豆科另一種叫「紫荊」（*Cercis chinensis*）的植物混淆了。我想起也斯的《洋蔥》詩中一段：「他們說／洋蔥並沒有／什麼了不起，活該／它近來一再受到批評／儘管像穿著鄉土的外衣／它的姓氏聽來就不可信賴／成分也不怎麼好。」詩中說出外界排斥一切「洋」東西，甚至連「洋」蔥也不例外，詩人替無辜的洋蔥不值，因此寫詩給洋蔥平反。

冬 十二月至二月

香港茶

Hong Kong Camellia

學名 *Camellia hongkongensis*

科名 山茶科　種類 被子植物（雙子葉）

習性 小喬木　花期 十二月至一月

果期 八月至九月　生境 林下

地點 太平山頂、薄扶林、聶歌信山、柏架山

備注 香港原生種；
已列入香港法例第96章；
列入《香港稀有及珍貴植物》瀕危（EN）

年底，走一轉山頂盧吉道，看到正在開花的香港茶。它是唯一開紅花的本土山茶屬植物，花期初冬至春天。摸下去，樹身較其他科的樹木光滑，這是山茶科的特徵之一。此外，植物在形態上也有特性，樹形較窄，多呈狹長的倒等腰三角形；葉子有疏鈍的小鋸齒，摸下去像一把崩崩的小牛油刀。

灌木或小喬木，高十米。嫩枝紅褐色，無毛。葉長圓形，先端尖鋭，全緣或具不明顯波狀小齒。紅色花頂生，花瓣六至七片，寬倒卵形，基部合生，雄蕊眾多。蒴果褐色，球形至扁球形，三至四個花室，每個花室有種子一至兩粒。香港茶在一八四九年首次於太平山被發現，其時僅有三株，幸而後來經過採種育苗，進行遷地保護，現在香港茶的生長地點多數位於郊野公園內，受法例保護。

山茶是冬季花的代表，葉子常綠不凋，不懼風寒，歷代描述山茶歲寒開花的詩詞無數，如宋代蘇軾有《邵伯梵行寺山茶》：「山茶相對本誰栽，細雨無人我獨來。説似與君君不會，爛紅如火雪中開。」陸游《山茶》也讚頌山茶耐寒：「雪裏開花到春晚，世間耐久孰如君？」

中國四大美女之一的王昭君，在漢元帝時以和親的方式下嫁給匈奴。傳說昭君出塞時，她身披雪白毛裘，懷抱琵琶，髮鬢夾著一朵紅艷的茶花，以「山茶花不畏風雪」來表明自己堅貞的節操。故陸游也說：「一夜風雪未入眠，院中山茶平明觀；紅顏綠羅雪滿身，疑是昭君出塞還。」

法國小說家及劇作家小仲馬所著的小說《茶花女》，敍述瑪格麗特原本是個貧苦的鄉下姑娘，來到巴黎後，開始賣笑生涯；除茶花外，沒有人見過她戴過其他的花朵。瑪格麗特與稅務局長杜瓦先生的兒子亞蒙愛戀，因社會禮俗不容，下場悲慘。雖然淪落風塵，但茶花女依舊保持著一顆純潔心靈，熱情地去追求真正愛情；然而，當這些希望破滅之後，又甘願自我犧牲以成全他人……由此可見，中外文學中的茶花意象，似乎皆不約而同地指向「堅毅、忍耐、犧牲」等特性。

墨蘭

Chinese Cymbidium

學名 *Cymbidium sinense*

科名 蘭科　種類 被子植物（單子葉）

習性 地生草本　花期 一月至二月

生境 向陽石上　地點 新界、離島

分佈 海南、廣東、廣西、雲南、越南、柬埔寨、泰國、日本等

備注 香港原生種；已列入香港法例第96章及香港法例第586章

翻山涉水，好不容易來到墨蘭群落的前面，卻發現正值花期的她們竟沒半朵完整的花！我們怨恨地在花葉間尋找「真兇」，原來花兒和花蕾都被蛾的幼蟲吃掉了。心情直墮谷底，帶著惋惜上溯另一支澗離開……天色漸晚，在快要亮起手電筒的幽暗時刻，冷不防在石邊遇上另一完整挺立的植株！翠綠葉子在清風中搖曳生姿，墨色花瓣在日落前透出神祕美感，被涼露沾濕的花兒在山谷中散發馥郁香氣，恍若一位清雅麗質的佳人。

蘭花花朵基本構造包括三片花萼、三片花瓣及一枚蕊柱。左右成對的花瓣稱「側瓣」，下部形狀獨特的為「唇瓣」，其主要功能是為前來協助授粉的昆蟲提供立足的平台。花瓣外面包裹花萼，紋路常與側瓣相同。最具標誌性的是由雄雌蕊結合而成的「蕊柱」，是蘭科植物特有的構造。

而墨蘭屬地生蘭，花期從冬季至早春，一般於農曆新年前後盛放，預示著舊年終結，新歲開始，因此又名「報歲蘭」。花葶長五十至九十厘米，開花十數朵，花瓣多為暗紫色，具褐色條紋，盛開時香氣逼人。

唐宋以來文人爭相種蘭，以蘭寄傲，養蘭自賞，用蘭來表現幽野的意趣。而他們口中的「蘭花」，以植物學分類角度來說，均屬於蘭科（Orchidaceae）國蘭屬（*Cymbidium*）之下的品種。

另一在香港可見的同屬品種為建蘭，葉子幼細呈線狀披針形。花形與墨蘭相近，惟花朵常為淺黃綠色，綴有深紅色斑紋；盛放時亦如墨蘭般具怡人香氣。由於建蘭於秋天盛放，因此亦叫「秋蘭」。清代袁枚曾寫《秋蘭賦》，正正寫他在林中發現建蘭之經過：「於焉步蘭陔，循蘭池，披條數萼，凝目尋之。果然蘭言，稱某在斯。」意思大概就是：於是我順著長有蘭花的地埂，沿著蘭花池去搜索，撥開長條狀葉片，仔細凝視那些正開或尚未開的花朵。果然那蘭花好像開口說話了，說：「我在這裡呀！」

薺菜

Shepherd's Purse

別名 薺

學名 *Capsella bursa-pastoris*

科名 十字花科　種類 被子植物（雙子葉）

習性 一年或二年生草本植物

花期及果期 一月至 三月　生境 農地

地點 香港仔、太平山、西貢、梧桐寨、大埔碗窰

備注 香港原生種

明朝初期，政府為安定百姓生活，獎勵民眾開墾荒地之餘，也教導百姓認識及利用自然資源，以應對災荒或農作物失收的危機。明朝永樂四年（公元一四〇六），明太祖第五子朱橚，編撰了《救荒本草》，記述植物分佈、食用及藥用方法。全書分上下兩卷，記載植物四百一十四種。據說編者朱橚著書過程非常認真——先闢園墾地，選植鄰近州縣多種植物，待其滋長成熟，親自觀察生長形態並烹調品嚐，再命畫工依實物繪圖，作出詳細說明。《救荒本草》不僅成為中國植物分類學的濫觴，更是全世界首部記述野生食用植物的著作。

而此篇介紹的野生蕨菜「薺菜」，因其生長迅速，遍野可見，故亦被納入《救荒本草》中。薺菜屬一年或二年生草本，高十至五十厘米，莖直立。基部葉叢生呈蓮座狀，大頭羽狀分裂，長可達十二厘米，寬可達二點五厘米。總狀花序頂生及腋生，花瓣白色。短角果呈倒心狀三角形，長五至八毫米，扁平無毛。種子淺褐色。莖葉固然可作蔬菜食用，全草也能入藥；有利尿、止血、清熱、明目、消積等功效。種子含油百分之二十至三十，屬乾性油，可供製油漆及肥皂用。

《詩經》說：「誰謂荼苦？其甘如薺。」可見早於春秋時代，人們已開始欣賞薺菜的甜美。北宋蘇軾也曾以薺菜入詩。素以「饕餮」自居的他，對飲食與烹飪技藝皆有研究，擅於有機地結合飲食與文化。至於薺菜如何味美？且看他的《春菜》吧：「爛蒸香薺白魚肥，碎點青蒿涼餅滑。」詩中提到兩道古法菜餚，第一道菜：將薺菜與白魚同蒸，製成「香薺蒸白魚」。第二道菜：把芳香的「青蒿」切碎，與麵團拌一起，製成香滑味美的「青蒿涼餅」。詩人既向讀者展示一頓餐桌上的豐富盛宴，亦反映了北宋的飲食文化。

「過春風十里，盡薺麥青青」，小白花滿野盛放，如繁星閃爍；花後結出細碎的心形果實，捧在掌中，星星心心地，又可愛，又浪漫。

香港杜鵑

Hong Kong Azalea

學名 *Rhododendron hongkongensis*

科名 杜鵑花科　種類 被子植物（雙子葉）

習性 灌木或小喬木

花期 一月至四月　果期 十月至十二月

生境 露出的岩石、陡峭山林中、溪邊

地點：跑馬地、馬鞍山、八仙嶺、黃龍坑、大嶼山

備注 香港原生種;
已列入香港法例第96章;
列入《香港稀有及珍貴植物》易危（VU）

今年氣溫稍低，冷颼颼的大冷天老不想動，窩在家裡像枚慵懶的蕃薯。圍著厚棉被瀏覽網上論壇，見有人拍下羊角杜鵑紅粉的臉，才猛地想起杜鵑花的山野派對，在三月中旬悄悄開始了。

馬鞍山有三寶：赤麂、鐵礦、杜鵑花。要看杜鵑，當然要去馬鞍山。香港共有六種野生杜鵑：香港杜鵑（*Rhododendron hongkongense*）、華麗杜鵑（*R. farrerae*）、毛葉杜鵑（*R. championiae*）、紅杜鵑（*R. simsii*）、南華杜鵑（*R. simiarum*）和羊角杜鵑（*R. moulmainense*），你能在馬鞍山的吊手岩及牛押山一帶，看到這六個品種在三、四月間輪流吐艷。

在微霧的平常日子冒險登上牛押山。杜鵑喜光，你多能在露出的岩石間，或陡峭山林中碰見她們。夾道歡迎的有大紅色的紅杜鵑和深粉紅的華麗杜鵑；大朵的花兒開滿枝頭，盡現盎然春意。繼續走，在熟悉的地方與香港杜鵑一期一會。相較紅杜鵑的火辣、南華杜鵑的甜美，素白色中帶暗紅斑點的香港杜鵑，感覺永遠孤高出塵。

香港杜鵑屬灌木或小喬木，高一至三米。幼枝密集，細而堅韌。革質葉集生於枝頂，呈橢圓形、橢圓狀卵形或倒卵狀披針形。花冠白色或淺淡洋紅色，五裂，裂片倒卵形，頂端微凸起並具紫色斑點。雄蕊五數，花柱比雄蕊長，伸出花冠外。蒴果圓球形至廣卵圓形。根據《香港植物誌》所述，香港杜鵑於一八四七至一八五〇年間在香港島被發現，但當時被定為另一物種，直到一九三〇年才確認為新種並以「香港」命名，群落僅見於馬鞍山及其他幾處地點。

中國詩詞常頌杜鵑花及杜鵑鳥，兩者源於同一典故：傳說周末蜀王杜宇失國而死，靈魂化為杜鵑鳥，日夜悲啼；淚流乾了，便流血，血落土中長成花，是為杜鵑花（故杜鵑花亦稱「杜宇花」）。古人多引用杜鵑花典故抒發懷鄉之情。如詩仙李白《宣城見杜鵑花》：「蜀國曾聞子規鳥，宣城還見杜鵑花。一叫一回腸一斷，三春三月憶三巴。」時值三月，李白於宣州見杜鵑花開，不禁想起故鄉西蜀也有子規鳥（即杜鵑鳥）啼鳴。由外地杜鵑花開，聯想到故鄉杜鵑鳥，可見詩人鄉思猶濃。

老鼠簕

Spiny Bears Breech

學名 ***Acanthus ilicifolius***

科名 爵床科　種類 被子植物（雙子葉）

習性 直立灌木　花期 一月至五月　果期 四月至七月

生境 紅樹林沼澤　地點 石澳、沙田、西貢、南生圍、大欖涌、大嶼山

備注 香港原生種

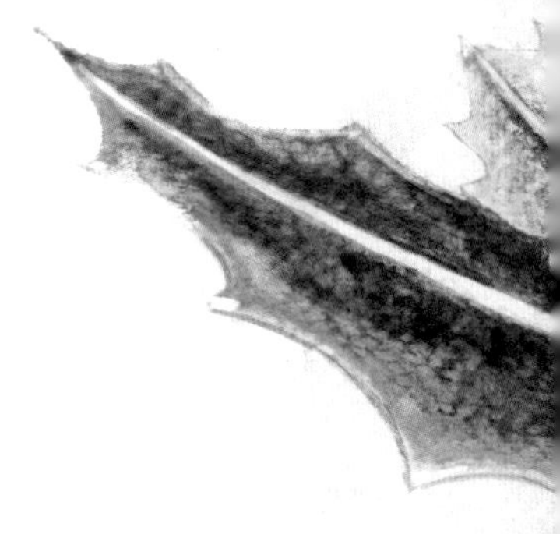

現時香港大約有一百七十處地區有紅樹林紀錄，包括后海灣、大埔汀角、西貢大灣村和大網仔、沙頭角附近如鹽灶下、鹿頸、荔枝窩，還有大嶼山沿海地帶等。其中以后海灣（米埔和尖鼻咀）現存的紅樹林面積最大，約有八十五平方公里，這裡亦是全中國第六大的紅樹林，並於一九九五年列入國際重要濕地公約（又稱拉姆薩爾公約）名單中。

海岸植物中，一直對老鼠簕的串串紫花極有好感，但我們在米埔走了個多小時，沿途都看不見開花的老鼠簕，只看見它們叢叢具鋸齒的硬葉子。分類上，老鼠簕及鹵蕨（*Acrostichum aureum*）乃爭議性最大的紅樹。世界自然基金會香港版教材指出老鼠簕為真紅樹，而鹵蕨屬類紅樹。漁農自然護理署刊物則持相反意見。

老鼠簕屬直立灌木，高達兩米，莖粗壯無毛。葉片近革質，長圓形至長圓狀披針形，邊緣呈羽狀分裂，形成大刺。穗狀花序頂生；花冠白色，長三至四厘米，上唇退化，下唇倒卵形，薄革質，頂端三裂。蒴果橢圓形，內有淡黃色種子。且勿論老鼠簕是否真紅樹，只欲知為何漂亮的花兒擁有古怪名字，原來它的果實呈長橢圓形，後面拖著長長的花柱，如「老鼠」的身體和尾巴，加上葉邊有「簕」（鋸齒），故被稱為「老鼠簕」。

我抬頭，近處有連綿不斷的鐵絲網，鐵絲網頂部圍滿團團捲曲的鐵勾，小牌印有「禁區」二字。推開漆上淺藍色的鐵閘，走下石梯，我們正式離開香港邊境，所有沒有通行證的擅闖遊人均會被捕。我們左轉，踏上由木條組搭成的長浮橋。前後的行者都是高大男士，他們肩上都抬著單筒望遠鏡；沉重的步伐踏下去，浮橋更為顛簸，一起一落一步一驚心，體重較輕的我，腳步更不踏實，不得不猛抓住單邊的木欄杆。

浮橋兩岸長有極多老鼠簕。這是我走過的、長有最多老鼠簕的路。跟禁區外的截然不同，這些老鼠簕早已抽出花苞，部份更綻放漂亮可愛的柔紫色花朵。我遇見了最美麗的花，在最危險的地方。

深山含笑

Maud's Michelia

學名 *Michelia maudiae*

科名 木蘭科　種類 被子植物（雙子葉）

習性 喬木　花期 二月至三月　果期 九月至十月

生境 林中　地點 鳳凰山、大東山

分佈 廣東、廣西、貴州、福建、浙江、湖南

備注 香港原生種；
已列入香港法例第96章，
列入《香港稀有及珍貴植物》（LC）

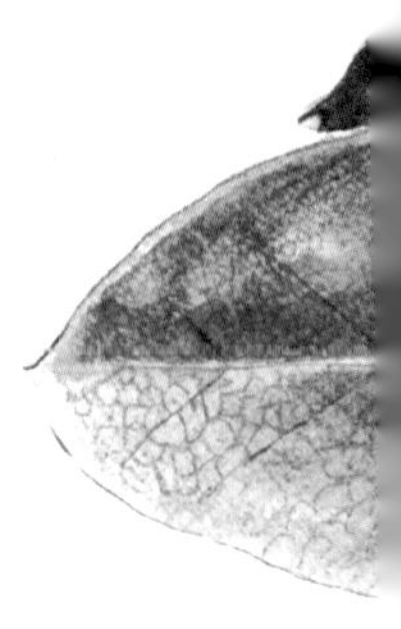

在深山迷霧中，我低首而行，忽然看到地上散落滿地的白色花瓣，拾起聞聞看，有種淡淡的香氣，舉頭，果然是我渴望遇見的美麗木蘭科植物——深山含笑。

深山含笑屬喬木。葉下、苞片均被白粉。葉稍厚革質，長圓狀橢圓形，葉面深綠色，有光澤，下面則呈灰綠色。花十分芳香，具純白色花被片九片，被片基部稍呈淡紅色，中間有淡紫色的寬扁花絲。果期時，聚合果長七至十五厘米，內含紅色扁種子。模式標本在一九〇五年由S. T. Dunn於鳳凰山採集。

木蘭科花朵多有香氣，我把鼻子湊近盛放的白花兒，果然不例外，深山含笑也帶著百合和荷花混合似的濃烈甜香。又，為什麼叫「含笑」呢？原來花綻放時，中間含蕾常不盡開，故稱「含笑花」。

古來不少人喜歡栽種含笑花，《明珠緣》第三回寫：「含笑花堪畫堪描，美人蕉可題可詠。」指含笑花風姿灼灼，美態可堪入畫。我們在大嶼山看到的深山含笑，跟現時園藝栽培常見的含笑並不相同——深山含笑都是稍高大的喬木，而栽培含笑花（*Michelia figo*）則為灌木。觀賞用含笑花英文俗名叫 *Banana Shrub*，花朵也有類似香蕉味的水果甜香，花瓣可拌入茶葉製成花茶，亦可提取芳香油和供藥用。

宋代胡宏曾寫《書懷四首》：「台上忘憂草發，洲前含笑花開。世路顛冥堪笑，旁觀心自休哉。」忘憂草（即百合科萱草，醫書記載忘憂草可安五臟、利心志、令人心平氣和）生長起來了，含笑花開了……世道令人迷惑，甚至堪稱可笑，也許要保持適當距離，靜靜旁觀，才能得到心中安寧。

香港巴豆

Hong Kong Croton

別名 海斯巴豆，Hance's Croton

學名 *Croton hancei*

科名 大戟科　種類 被子植物（雙子葉）

習性 灌木或小喬木

花期 二月至四月　果期 四月

生境 林下　地點 青衣

備注 香港特有原生種；
列入《香港稀有及珍貴植物》極危（CR）

香港巴豆於一八五〇年由居港英國人 H. F. Hance 在港島半山區行山採集稀有標本時偶然發現。一八六一年，《香港植物誌》（*Flora Hongkongensis*）正式把它列為新發現的品種。但此後再也找不到香港巴豆的蹤影了。

在本土「消失」近一百五十年，直至一九九七年回歸前一年，植物標本室人員到青衣島南面、位於三支香山頂以北的荒山野嶺，竟再次發現目前仍是本港特有的香港巴豆！由於原生生境現時為世界上唯一發現香港巴豆的地點，遂將該處列為「具特殊科學價值地點」。經漁護署人員培植，現在我們已可到城門標本林「朝聖」，近距離觀賞到全球罕見的植物。保育人員把遮光棚架在數棵小巴豆上，擋去部份烈陽、強風、霪雨的傷害。

曾花了不少時間，蹲在蚊子「嗡嗡」橫飛的梯田間，觀察巴豆果實上的星狀毛毛。香港巴豆屬灌木，一至五米高。嫩枝和花序有貼伏的星狀鱗毛，老枝則無毛。葉子在小枝頂端密聚，紙質，長圓狀披針形，全緣或邊緣有細鋸齒，無毛。總狀花序頂生，果實只有手指頭大小，子房近球形並密被星狀毛。主要生長在有大樹遮蔭，人跡罕至的茂密叢林。春季開小白花，夏季結球狀果。

某次行山時跟朋友們談起可吃的野生果子，大家都喜洋洋地提到桃金娘（*Rhodomyrtus tomentos*）及楊梅（*Myrica rubra*）；走著走著，一位朋友從小樹摘下幾枚被細毛的青色小果，問我可吃否？連忙搖頭阻止，那是巴豆（*Croton tiglium*）欸！大燥、大瀉、用作瀉劑。在金庸小說《鹿鼎記·縱橫野馬群飛路，跋扈風箏一線天》篇章中，也曾出現「巴豆毒馬」的橋段：話說韋小寶閒來無事就愛「賭兩手」，某天跟吳三桂的兒子吳應熊賭起馬來。韋小寶好勝，串通馬伕，將巴豆混在豆料之中，讓吳府的馬兒吃了。結果一匹匹馬兒全拉一夜稀屎，比賽起來，烏龜也跑贏牠們。

紅花荷

Rhodoleia

別名 紅苞木，吊鐘王

學名 *Rhodoleia championii* 科名 金縷梅科

種類 被子植物（雙子葉） 習性 喬木

花期 二月至四月 果期 五月至八月

生境 林下 地點 聶歌信山、金馬倫山、香港仔

備注 香港原生種；
已列入香港法例第96章；
列入《香港稀有及珍貴植物》易危（VU）

新春時節，你總能看見各式各樣色彩艷麗的賀年花朵，在年宵市場中爭妍鬥麗，其中桃花、牡丹、劍蘭、比利時杜鵑等尤其「搶手」，人們取其姹紫嫣紅，有「大紅大紫大富大貴」之意。除了買年花，「行大運」當然少不了，遂於新年期間遊覽大欖郊野公園，看看紅花助助興。

繼杜鵑花科的吊鐘花（*Enkianthus quinqueflorus*）於冬季盛放之後，新春壓軸季花，便輪到紅花荷了。花紅色至鐵鏽色，每逢農曆新年前後，便會開出形狀獨特、顏色悅目的花朵。紅花荷花朵像吊鐘，但體積比吊鐘花大一些，故又名「吊鐘王」。

紅花荷屬喬木，可高達十二米。卵形革質葉，基部有不明顯三出脈，葉面深綠色，發亮，背面灰白色。假頭狀花序長三至四厘米，常彎垂；苞片卵圓形，大小不相等，最上部的較大，被有褐色短柔毛；花瓣匙形，桃紅色。蒴果卵圓形，種子扁平，黃褐色。文獻記錄它於一八四九年在香港仔後山林區被發現。

紅花荷如斯亮麗絢爛，除吸引昆蟲吸蜜授粉外，也同時吸引鳥兒注意。內地有學者對紅花荷開展傳粉生物學研究時，認為紅花荷屬「鳥類傳粉植物」，主要傳粉者為廣泛分佈在亞洲熱帶、亞熱帶地區的雀形目鳥類——暗綠鏽眼鳥和叉尾太陽鳥。

樹幹高而挺直，枝條擴展，樹姿優美，四時翠綠，是具吸引力的樹種。天然種群僅見於香港仔，在香港也受到《林務規例》（香港法例第九十六章附例）保護，並已進行遷地保護，栽種於郊野公園和城門標本林內；因此，你不難在新春時節，於郊野公園看到紅花荷華麗熱情的灼灼身影。

車前草

Plantain

學名 *Plantago major*

科名 車前草科　種類 被子植物（雙子葉）

習性 多年生草本植物　花期 二月至七月　果期 五月至十月

生境 農地、荒地路旁　地點 薄扶林、元墩下、大埔、上水、元朗、烏蛟騰、西貢、大嶼山

備注 香港原生種

我一直喜愛彼得兔（Peter Rabbit）。彼得兔是英國女性作家暨插畫家海倫・碧雅翠絲・波特（Helen Beatrix Potter）筆下一個擬人角色，名字來自於作者童年時所飼養的一隻兔子。作者繪畫彼德兔及其出沒的場景，先用針筆勾畫輪廓，再以水彩上色，仔細之餘不失趣味，充滿恬靜古樸的英式風味。一九〇二年六月《彼得兔的故事》（*The Tale of Peter Rabbit*）被英國的出版社出版。現時銷售已突破一億五千一百萬本，並且被翻譯為三十多個不同語言的版本。一百年過去了，擬人化的彼得兔依然穿著藍色的夾克和棕色的鞋子，永遠保持健康活潑，跳得又高且遠。

漫畫中的兔子常常從農田偷來甘筍，令不少人誤會兔子的主食是蔬果。但飼養過小兔子的人大都知道，由於兔子的「大板牙」不斷生長，極需要透過反覆咀嚼乾草以防止牙齒過長，因此，一歲以下的幼兔我們會給牠紫蓿苜草，長大後轉吃更為堅韌的梯牧草。我家有隻毛絨絨的獅子兔，嗜吃的牠經常偎在腳邊討食物。我除了把兔糧、牧草、蔬菜拋進牠專用的木製大碗，偶爾還會投進不同的進補野草，其中一種正是車前草。

其實不止對兔子有益，車前草也是古今民間常用的草藥，可清熱止咳，治療尿路感染等症。古人相信食用車前草可以令婦女容易懷孕產子，且可治難產。《詩經・國風・周南・芣苢》曰：「采采芣苢，薄言采之。采采芣苢，薄言捋之。」貫串整篇的「芣苢」，正是車前草。人們看見漫山遍野的芣苢，歡欣地把它摘下來，收穫多得要用衣服兜住呢！

的確，車前草是粗生粗活的植物，為多年生草本植物，葉聚生在基底像蓮花座，寬卵形，邊緣近全緣。禾穗狀的花序呈細圓柱狀，花冠白色，雄蕊與花柱明顯外伸。在荒野上、山澗邊，你總能看到它強健地舒伸自己的枝葉。

蛇莓

Snake Strawberry

學名 *Duchesnea indica*

科名 薔薇科　種類 被子植物（雙子葉）

習性 多年生草本植物

花期 二月至八月　果期 四月至十月

生境 荒地、村莊路旁

地點 香港島、大埔滘、梧桐寨

備注 香港原生種

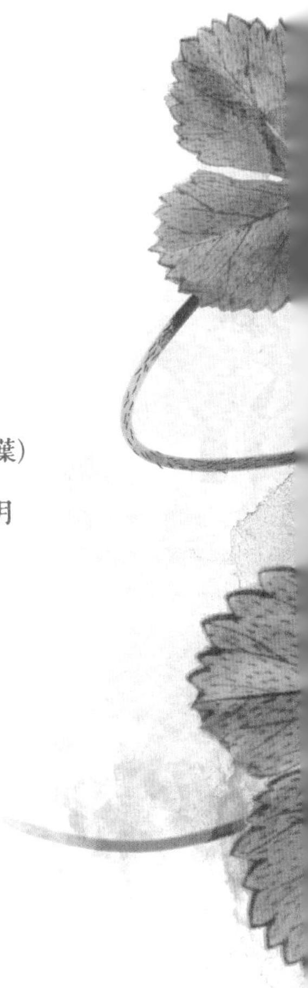

林木參天蔽日，四月始，霧氣冉冉上升，世界瀰漫不一樣的氛圍。

我們沿林路走到觀星台，隨即被眼前埋沒林中、用石堆築而起的原始建築深深吸引。位於西沙公路的水浪窩觀星台，台高六米，是香港鮮見的仿古天文建築，它參照元朝天文學家郭守敬的描述所築，分台座和石柱兩部份。台座上小下大，呈梯形錐體，用以觀測日影。環台有石階，於是我們由台左登級而上。

右手撫摸大石上的小苔，指尖都帶有潤濕的青蔥氣息。台頂旁一棵大樟樹，伸手能從枝椏摘下小葉，輕揉，散出樟的馨香。同行朋友指著台身的縫隙，解釋日光穿照這道窄隙，橫樑的影子便會投影在地面長長的圭表上，欽天監藉此測出每年日影的變化。自台右返回地面，打算走到附近的木椅休憩，還沒坐下，即被腳邊的小黃花小紅果擦亮了眼睛！我不顧儀態蹲下來，觀看極可愛的微小植物。「是蛇莓！」我說。

蛇莓屬多年生草本植物。莖有柔毛。三瓣葉片組成複葉，葉片呈倒卵形，邊緣有鈍鋸齒。花單生於葉腋，小黃花長五至十毫米。花托在果期膨大，變成鮮紅色，有光澤，直徑僅十至二十毫米。從前人們把蛇莓搗爛成泥，以冷開水浸泡並添白糖調味，用來治療咽喉腫痛及痢疾。

「像超迷你的小草莓！」一位朋友說。是的，蛇莓只有草莓十分一大小，成叢貼地而生，可愛至極。它們喜歡躲於陰涼潮濕的環境，有緣的話，你或能於林蔭下尋著這種小花小莓。美艷欲滴的鮮紅果實叫我忍不住伸手去摘，洗也不洗就吃將起來，半點沒有憂慮植株曾否被狗隻「活施肥」。淡淡地，沒味兒。想起曾有長輩逗弄說我像個野孩子。我無從反駁，自豪地連連點頭說：「是的，我就是野孩子！」

春

三月至五月

香港綬草

Hong Kong Spiranthes

學名 *Spiranthes hongkongensis* 科名 蘭科

種類 被子植物（單子葉） 習性 草本植物

花期 三月至四月

生境 溪流旁邊、陽光明媚的草地山坡

地點：慈雲山、城門、西貢、大嶼山、南丫島

備注 香港原生種；

已列入香港法例第96章及第586章

四周泛起一層薄霧，我緩步走，涼涼的小水點就在手邊腳邊游弋。我們彷彿走進了一個巨大的花園，蒙上霧團和謎團的那個《小徑分岔的花園》——阿根廷作家博爾赫斯八十年前的智慧讓我驚訝，他的小說早已開展出無限的時間與空間。

我們低頭看著地圖，思考己身的方向，迷惑於該向左或是右的分岔小徑。我們急於比對紙上與實際環境的分別，旁邊是圖上顯示的溪澗嗎？怎麼地圖上是筆直的路，我們腳下走著的卻是「Z」形小徑？時間把什麼改變了？或是根本走錯路？我們頻頻回頭向我們的山藝導師相詢，急於抓到心靈上的安慰與鎮靜；幸好總有「大石」先生讓我們心安，哦，原來冬天溪澗都乾涸了，哦，原來因為爬山單車輾出筆直的小徑，讓圖形有了偏差。

猶若置身夢中。霧色中，二十米的護土牆厚厚地長出青苔，青苔的大小、形狀及姿態幾乎一模一樣，天然的圖案有機地佈滿整座傾斜的人造牆壁。我佇足，把眼睛湊近，於極近處微觀，竟驚覺自己正在俯視無窮盡的森林！一花一世界，原來如是。青苔渺小嗎？它的綠意、它的微突、它的濕潤，自成一世界……

多走一會，我又懷疑自己在做夢了……因為在我眼前，竟是兩棵珍稀的香港綬草，筆挺地立在道旁兩塊石頭的隙縫間。在長長又帶毛毛的花梗上，十數朵白中帶粉紅的小花，近乎螺旋狀地往上生長，如迴轉的美麗小天梯，把我的心思牽到遠方去……

前進方位如何？要上等高線嗎？將要走上坡或是下坡路？路，還有多遠才到中途站？低頭看地圖時，我「碰」一聲讓額頭撞了路牌又被路邊豆藤的枝椏鞭打。「大石」對學員總是關心又不忘挖苦調侃，緩和了尷尬氣氛。我笑了，我總是較笨拙的那一個；在忙於翻看資料、書籍的同時，以不安的姿態、滑稽的步伐，搞笑又敏感地，探索人生旅途中，無數個小徑分岔的秘密花園。

南蛇棒

Dunn's Amorphophallus

別名 鄧氏蒟蒻

學名 *Amorphophallus dunnii*

科名 天南星科　種類 被子植物（單子葉）

習性 多年生草本

花期 三月至四月　果期 七月至八月

生境 林下　地點 柏架山、梧桐寨、大嶼山

備注 香港原生種植物

南蛇棒又名「鄧氏蒟蒻」，是較為罕見的天南星科植物吧？只見喜愛植物的山友雙眼放光，飛快攀上大石並舉起相機入迷拍攝，如入無人之境。

的確，南蛇棒不僅具有獨特的生長形態，佛焰苞（包覆保護花穗的苞片）上亦帶有漂亮迷離的花斑。明朝李時珍於《本草綱目》也曾紀錄蒟蒻，曰：「長一、二尺，與南星苗相似，但多斑點，宿根亦自生苗。」

根據《香港植物誌》記載，南蛇棒的模式標本於一九〇九至一九一一年間採自香港大嶼山及柏架山。它屬多年生草本，塊莖近球形或扁球形。葉片表面綠色，背面淡綠，葉柄長五十至九十厘米，暗綠底色，上有白色小斑點。佛焰苞下部席捲，上部舟狀展開，內面基部紫色，肉穗花序藏於佛焰苞內，授粉後結藍色漿果，內有黑色種子。

巨花魔芋（*Amorphophallus titanum*）是世界上最大的花，跟南蛇棒同科同屬，它的花序可以達二至三米。肉質花穗尖端散發強烈氣味，吸引昆蟲幫忙傳播花粉。

你不會同時看見南蛇棒的花和葉子，葉子的出現代表當年不會開花。每年四、五月，它們自地底球莖上抽新芽、長葉子，直至深秋時生長季結束，地底球莖儲存到足夠的能量後，老葉便會萎凋掉落；球莖隨即進入休眠期，待嚴冬退去，時機成熟，南蛇棒才再度成長。

山友喜孜孜說，行山近二十年，才有緣碰上三次而已！我極為驚訝，如此罕見的植物，如今它的小群落（約有六、七棵），竟屹立在熙來攘往、川流不息的馬路旁邊！行人來、行人去……到底幾多人能發現、並能懂得賞味它們的稀珍與異色？

羊角拗

Goat Horns

學名 *Strophanthus divaricatus*

科名 夾竹桃科　種類 被子植物（雙子葉）

習性 木質藤本

花期 三月至五月　果期 六月至十月

生境 灌叢或疏林　地點 常見於香港

備注 香港原生種

這是一雙易於辨識的、永遠向外拗的羊角。

《馬太福音》中，耶穌講過分羊的比喻：「當人子在他的榮耀裡……萬民都要聚集在他面前。他要把他們分別出來，好像牧羊的分別綿羊同山羊一般。把綿羊安置在右邊，山羊在左邊。」耶穌用綿羊代表義人，用山羊代表不義的人。今天出現我眼前的，彷彿是永遠代表「惡」之一方的山羊角。

羊角拗為木質藤本植物，屬夾竹桃科的它具毒性，全株含有白色或黃色乳液，毒力強烈可怕；其中以種子的毒性最強，誤食能致心跳紊亂、嘔吐腹瀉、失語、幻覺、神志迷亂，甚至死亡。深褐色枝幹帶有明顯的白色皮孔，果期吊下一對對叉生的，形如羊角的「蓇葖果」；當果實由綠轉啡，變得更為乾硬，成熟時「啪」的一聲，外皮沿某一側裂開，裡面纖細的白色纖毛便帶著有毒的種子，任隨清風四散傳播。

羊角拗與馬錢（*Strychnos angustiflora*）、洋金花（*Datura metel*）和斷

腸草（*Gelsemium elegans*），合稱「香港四大毒草」，當中又以斷腸草毒性最強，據説只消三塊葉的毒素，足以置人於死地。

除了易於辨認的羊角形果實，還有別樹一幟的獨特花形。羊角拗的屬名源自希臘語，意思是「扭曲的花朵」；花冠漏斗狀，淡黃色裂片外彎延伸成長線狀，一條條扭曲著下垂。我前後移動，以不同角度觀察奇花異卉，竟覺得毛骨悚然！中央部份像一圈鋭利的白色牙齒，正向你張開血盤大口，直要把你的手指狠狠咬去。

兩面針

Shiny-leaved Prickly Ash

學名 *Zanthoxylum nitidum*　科名 芸香科
種類 被子植物（雙子葉）　習性 木質藤本
花期 三月至五月　果期 九月至十一月
生境 次生林之低地或灌叢中
地點 常見於香港　備注 香港原生種

被它的滿身尖刺嚇一大跳！

莖固然佈滿尖針，竟然連葉底葉面也有！中肋上下兩面，銳利地伸出整排針刺，真不愧叫「兩面針」。幼株為直立的灌木，長大後成為攀援於其他樹上的木質藤本，葉面的尖針也漸漸退去。奇數羽狀複葉，呈寬卵形或近圓形。花序腋生，淡黃綠色。果皮紅褐色，種子圓珠狀。

為了應付大大小小的掠食者，它們不得不採取獨特的生存手段，全身長滿尖針。它讓我想起張愛玲筆下時髦聰慧的女子、或是白先勇小說中艷麗性感的舞女，腳蹬一雙高跟鞋，「踱踱」走出來，總是氣勢凌人。

這麼多的刺，純粹為了自保，也像走進社會的人，不得不好好保護自己。當自由工作者已三、四年，常常跟不同客戶打交道——所幸碰上的大部份都是好人，但當然，也有遇過各種古怪的客人、動輒改五、六、七次的編輯、不找數的公司。我們永遠率先付出時間和勞力，卻總是到最後才得到報酬。也許欺負我們勢孤力弱？其實只是我們不夠凶狠。打滾久了，不得不學習分辨神鬼、保護自己。我本身不喜歡吵鬧，也不欲在工作期間動氣傷神，寧願先做兩面針，先談好條件條款，才開始賣力投入。

請別以貌取人。兩面針跟不少帶香味水果如香柚、香橙同屬芸香科，也有消炎防腫的藥用價值，因此，人們採用兩面針作為製造牙膏的原料。避過枝上危險的尖刺，我曲起指頭，小心拈起兇悍的葉片，輕輕觸碰新翠的嫩葉新芽，摘下，是動人的檸檬味芳香。

野漆樹

Wax Tree

學名 *Rhus succedanea*

科名 漆樹科　種類 被子植物

習性 小喬木或灌木　花期 三月至五月

果期 九月至十一月

生境 樹林或灌木叢　地點 常見於香港

分佈 長江以南、東亞至東南亞

備注 香港原生種

走過山徑，耳邊突然出現一陣陣「嗡嗡嗡」蜜蜂勤奮工作的聲響，我抬頭，滿目都是漂亮小黃花！我卻按捺住自己，不去接近那棵清新小樹——因為那是能夠導致皮膚敏感的野漆樹。

野漆樹屬灌木或小喬木。高約二至五米。奇數羽狀複葉互生，上有對生小葉七至十三枚，葉柄無翅；葉片紙質，基部偏斜，葉背綠白色。圓錐花序腋生，花黃綠色，花開時常吸引大量昆蟲。果實淡黃色，果核堅硬。野漆樹木材堅硬緻密，可作細工用材；然而乳液含漆酚，人體接觸或會引起皮膚過敏，導致紅腫和癢痛，誤食的話或會引起嘔吐、瞳孔放大等中毒症狀。

同屬另一品種：漆（*Rhus verniciflua*）在中國內地的分佈更為廣泛，除黑龍江、吉林、內蒙古和新疆外，其餘省區均產。樹皮灰白色，常裂開，裡面具乳白色的樹脂，即「生漆」。東漢許慎《說文解字》云「漆」本作「桼」，「可以髹物。象形。桼如水滴而下。」「漆」可謂人類最早的其中一種工業塑料，不僅有黏連加固的功能，亦能耐酸、防水、防鏽，保護器物長久不壞，甚至可在漆中加入不同色料，繪畫花紋以作美化。自古以來一直被廣泛應用於人類日常生活中，在新石器時代前期，中國已有人製作漆器。

莊子在《人間世》中有語：「漆可用，故割之」，是中國最早關於採割生漆的記載。事實上，莊子跟漆樹亦有段可堪賞味的故事，據《史記・老子韓非列傳》載：「莊子者，蒙人也，名周。周嘗為蒙漆園吏。」

「漆園吏」專門主督「漆事」，是掌管地方漆樹種植和生漆生產的官吏，在當時只是一介小官。後來楚威王聞莊子賢德，遂派使者以千金聘請他任宰相，他不幹，反而對使者說：「子亟去，無污我！我寧遊戲污瀆之中自快，無為有國者所羈。」要求使者「趕快離去，不要玷污了我！」莊子一生除了做過「漆園吏」便沒有做過其他官，他生活雖然貧困，但淡泊名利，以修道為首務，寧願在小水溝裡快樂地遊戲，也不願被國君所束縛；最後更決意終身不做官，追求絕對的精神自由，讓自己心志愉快。

山菅蘭

Dianella

學名 *Dianella ensifolia* 科名 百合科

種類 被子植物（單子葉）

習性 多年生草本 花期及果期 三月至八月

生境 山邊草叢間 地點 常見於香港

備注 香港原生種

初冬早晨，我們依傍一條水道前行，水道有數米深，但因為正值乾燥的冬天，水淺淺的、只有一呎厚度。因為水的匱乏、冬的冷峻、日照的減少，風一捲，黃葉便從枝頭剝落，無聲墜落水面並泛起小波。葉浮於水，隨緣地由上游流到下游。水道部份段落呈小樓梯狀，河水滑過梯級形成一個個小瀑布，自然而然，隕落的葉子也便一級級，被運送到遠方去。

山上有一個小亭，距離山頂約二三百米，據説大多數遊人只會「到此為止」，在涼亭休息、野餐。但在經驗豐富的嚮導鼓勵下，我們決定前往下花山[注]的最頂端。

暗紅色的絲帶經歷幾多風吹雨打？在灌木上輕微擺動，默默引領迷茫的途人，走到隱密的不明顯路徑。砂子有點滑，起初是兩手搖搖、輕鬆地碎步走，後來隨著坡度愈來愈大，每走一步，雙手幾乎都要輕力抓住灌木作支撐，並踩住道旁萎靡的草根以防止滑倒。隊尾開始有人大叫「放棄了，在剛才的小涼亭等。」我也有點後悔當天穿了一條硬蹦蹦的牛仔褲，想豪邁擘髀也不行，只能小步小步走；風也愈來愈大，從四方八面吹來，我覺得自己像一杆狂風中的地拖。

到了！到了！山頂有兩塊三米高的大石頭。走過下花山不下二、三十遍的嚮導瀟灑地跳躍於兩塊大石之間。八人坐在石頭上，分吃帶來的抹茶杏仁朱古力、蛋卷及紫菜。風繼續吹，左方是青馬大橋，右方是連綿的山巒，我們悠然休憩於城市與自然的交界。攤抖大半句鐘，終於返回地面。在大岩石的底部，發現了草叢中有幾顆近圓形小果實，夾雜草綠色和茄紫色，正是多年生常綠草本植物山菅蘭。花朵長在側枝上端，淡紫色花瓣，鮮黃色花蕊，近球形的深藍紫色成熟漿果內有五至六顆黑亮的種子。很可愛吧。很想要吧。不要哦，小可愛全株有毒，以前的人把莖葉和漿果搗碎，混在炒飯裡，放在牆角奉成老鼠藥呢。

注：下花山位於荃灣區。

楊梅

Strawberry Tree

別名 Yang Mei　學名 *Myrica rubra*

科名 楊梅科　種類 被子植物（雙子葉）　習性 喬木

花期 三月至四月　果期 五月至六月

生境 林中　地點 常見於香港

備注 香港原生種

今年雨水偏多，多次外出考察也碰上雨天。

五月早上，走畢「東區自然步道」後，順道轉往「鰂魚涌樹木研習徑」。走到尾段，路上乍見亮麗的紅豆，彎身，拾起凹葉紅豆的果莢，內有相思紅豆一顆……那大概是去年的果莢，紅豆都乾癟了。抬頭，厚雲間隱約傳來雷聲，夾雜「沙沙」雨響自遠而至；不一會，冰涼雨點構成的半透明帳幔終於乘風飄來……

遂跑到小亭躲避。但雨過馬上又天晴了，太陽再度展笑，彷彿雲朵從未到訪。我自避雨小亭緩緩步出，兩步過外是滿地的楊梅果實，被剛才飄忽的風雨自樹上打落。

楊梅是常綠喬木，高度可達十五米以上。其特色是雌雄異株，就是說：並非每棵楊梅樹皆能結果，只有帶雌花的植株才有機會結出果子，供摘供食。樹皮灰色。葉子革質，常密集於小枝上端部份，倒卵狀長圓形至倒披針形，全緣或中部以上具稀疏鋸齒。雄性穗狀花序，花藥橢圓形、深紅色；雌性穗狀花序常單生於葉腋，具有鮮紅色的細長柱頭。核果球狀，外果皮肉質多汁，成熟時呈深紅色或紫紅色。

古人多鮮食之，又以蜜餞，也會用來製酒；西漢文學家東方朔於《林邑記》形容楊梅曰：「林邑山楊梅，其大如杯椀，青時極酸，既紅，味如崖蜜，以釀酒，號梅香酎。非貴人重客不得飲之。」

手中小果似乎尚未熟透，黃黃紅紅地，但嘴饞的我仍試吃兩顆，酸甜酸甜的，解渴。又想到我家小鸚鵡迷戀水果，於是收起兩顆，留給牠作健康小食呢。

土沉香

Incense Tree

別名 牙香樹、白木香

學名 *Aquilaria sinensis* 科名 瑞香科

種類 被子植物（雙子葉） 習性 喬木

花期 三月至五月 果期 九月至十月

生境 林中低地 地點 常見於香港

備注 香港原生種；已列入香港法例第586章；列入《香港稀有及珍貴植物》近危（NT）

對香港人來說理應有極大意義，正因為小漁港盛產野生土沉香樹，以運香販香而聞名，香港才始有芳名。

王崇熙纂《新安縣志》，在卷二《奧地略．物產》提及香港地區往昔出產香木的景況：「香樹，邑內多植之。東路出於瀝源，沙螺灣等處為佳。」土沉香又名牙香樹、白木香，是原產南中國的常綠喬木，高五至十五米，樹皮暗灰色。革質葉片近卵形，表面光亮，小脈纖細，近平行，不明顯。花芳香，黃綠色，萼筒淺鐘狀，有五瓣裂片；鱗片狀花瓣十片，著生於花萼筒喉部。在夏天，你可看到一個個密被黃色短柔毛的綠色蒴果掛在樹上。

土沉香用途廣泛，樹皮纖維色白細緻，可作高級紙張及人造棉，花可製成浸膏，樹脂可作香料。樹脂是真菌入侵或樹幹破損後的反應，故土沉香樹必先受傷，才能分泌奇異的樹脂，彷彿「天降大任於斯人，必先勞其筋骨，餓其體膚。」令土沉香分泌樹脂方法有兩種，其一，天然真菌入侵樹幹；其二，人工地割開樹皮。

西晉嵇含《南方草木狀・蜜香沉香》記載：「交趾（交州）有蜜香，樹幹似櫃柳，其花白而繁，其葉如橘。欲取香，伐之，經年，其根幹枝節，各有別色也。木心與節堅黑，沉水者為沉香。」簡明扼要地說出植物特性與取香方法。李白《相和歌辭・楊叛兒》曰：「博山爐中沉香火，雙煙一氣凌紫霞。」也見證古人火薰沉香的傳統。

稀有珍貴甚至令沉香上昇至宗教層次，是佛教、道教、基督教、回教、天主教世界五大宗教認同的稀世珍寶。佛教把沉香作為供佛香品，視之為能通三界的香氣。天主教中，沉香是耶穌基督降世時三位先知帶來世間的三件寶物（沉香、沒藥、乳香）之一。道教在降魔驅邪的儀式中，則會用銅製容器裝盛沉香，終日點燃。

沉香的名稱正是來自其沉於水的特質。當樹脂含量超出百分之二十五時，任何形態的沉香（片、塊、粉末）均會沉澱於水中。早前有漁民在海中拖網，隆隆隆，網起了，撈得一塊枯萎的巨木，原本想棄掉，但用火一燒，木頭冒煙，傳來香氣，再用小刀一削，巨木滲出琥珀色的油脂，懷疑是落水的沉香。沉香的形成是經年累月的，時間越長，樹脂越厚；密度越高，越有價值，由於名貴，甚至有「植物鑽石」之譽，故常有來自內地「斬樹黨」非法盜木，近四年來，竟有逾千土沉香遭斬掉！曾屬香港特產的土沉香，現在情況極不樂觀。我們平日遊走山徑，都能看到傷痕纍纍的土沉香。

我們站在受傷大樹前——那是一棵樹幹直徑逾四十厘米的老樹，估計樹齡達五十年，它的樹基明顯遭受人為砍伐，被斧頭破出明晃晃的傷口……我們沉默了，香港香港，因沉香樹得名，現在沉香樹卻諷刺地被瘋狂亂斬、任人宰割。我們實在無計可施，只能為樹哀悼，為我城香港祈安。

楓香

Sweet Gum

學名 *Liquidambar formosana*

科名 金縷梅科　種類 被子植物（雙子葉）　習性 喬木

花期 三月至六月　果期 七月至九月

生境 林中

地點 元朗大棠、西貢、大潭、大嶼山、青衣公園

備注 香港原生種

寒冬的週末，電台傳來大棠封路的交通消息，臉書開始被楓香的紅葉「洗版」，一些朋友拍到摩肩接踵的人群，把照片傳到臉書，在「動態更新」留言評論：「元朗大棠人多得像旺角！」

先秦古籍《山海經．大荒南經》早有楓香記錄：「有木生山上，名曰楓木。」晉代郭璞在旁注曰：「即今楓香樹」。楓香初秋變紅，冬季落葉，春來發枝，夏葉青蔥，四時均有不同姿容，也有不同的名字；紅葉稱「丹楓」，杜甫詩曰：「暗谷非關雨，丹楓不為霜。」一般而言，楓香樹於十二月底開始呈現紅色、乾枯，掉落，然後在煙雨濛濛的三月，重新長出碧翠的嫩葉。夏季翠色蔥蔥，古人稱「青楓」，如李白詩云：「帝子隔洞庭，青楓滿瀟湘。」

某次訪元荃古道（古時它擔當由元朗來往荃灣的重要角色），我們爬過一段陡坡後，終於看到地標西竺林禪寺；古寺廟位於山中，幽清非常，室內傳來木魚與唸經的聲音。一位職員在門前掃地，友善邀請我們進去休息，讓原本喘氣如牛的我們心神稍定。洗把臉再走，沒多遠，眼前正是幾棵葉色深紅的楓香樹。

已屆賞楓的季末了吧，地上的葉子比樹上的多。為什麼楓香有個「香」字？我們從地上拾起楓香葉，必須尋找紅啡色的、乾枯薄脆的葉子，將之輕力揉碎，捧在掌心，湊近鼻子吧，一陣清新的果香飄然而至，這就是「楓香」名字的由來。

還憶起童稚的羅曼蒂克。小學秋季大旅行，當年的我總覺得「楓葉」很珍貴，也許因為它代表了加拿大？於是蹲在地上，千挑百選，拾起最漂亮的楓葉，回家後喜孜孜夾到英文字典「Maple」一頁中。直到很久以後，翻開圖書館的百科全書，才發現自己一直誤會——家中字典裡枯竭的葉子並非加拿大楓葉，而是本地楓香。楓香樹葉只有三裂，非如日本、加拿大或韓國所見的五角槭、七角槭。記得當時倒抽一口涼氣，原來呆呆的我把楓香及槭葉搞混，足足十數年呢。

紅花八角

Dunn's Star-anise

別名 鄧氏八角

學名 *Illicium dunnianum*　科名 八角科

種類 被子植物（雙子葉）　習性 灌木

花期 三月至七月；十月至十一月

果期 七月至十月

生境 林下及溪邊

地點 烏蛟騰、新娘潭、南涌、鹿頸

備注 香港原生種；已列入香港法例第96章

根據文獻資料，紅花八角多分佈於新界東北的溪流旁。近期兩度走過鹿頸、南涌郊遊徑皆不見芳蹤，第三次試入溪澗，果然在流水潺潺處，找到野生的紅花八角。我知其不可為而為之，仿神農氏嚐草，把青紅色未成熟的、帶毒性的紅花八角果實放進嘴巴，嗯嗯，味道果然跟食用八角極為相近，略帶甘辛。

紅花八角屬灌木，通常高一、兩米，幼枝纖細。葉密集生近枝頂，簇生或假輪生，薄革質，狹披針形或狹倒披針形。花單生或兩、三朵生於枝梢葉腋，花瓣粉紅色到深紅色，常下垂。果實為一個由多個蓇葖果（Follicle）組成的聚合果，有明顯鑽形尖頭。紅花八角又稱「鄧氏八角」，一九〇三年三月在新娘潭附近被發現，並以前任植物及林務部監督鄧氏命名。

八角散發濃烈香味，是滷水必用香料。我們在香港可找到四種八角科植物，然而果多帶毒，請勿胡亂食用。一般「食用八角」指生長於華南地區的「八角茴香」（*Illicium verum*）；《廣群芳譜》第一十三卷亦有記載：「八角茴香……實大如柏實，裂成八瓣，一瓣一核，大如豆，黃褐色，有仁，味更甜，俗呼舶茴香，又曰八角茴香。廣西左右江峒中亦有之，形色與中國茴香迥別，但氣味同矣。」難怪英文俗名也叫「Star anise」，意即「星狀的茴香」。

紅花八角的花朵多呈深紅色，似一個個燈罩乖吊枝頭，讓我想起先鋒派小說家蘇童的小說《妻妾成群》。每當夕陽落山夜幕垂，大紅燈籠高高掛，正是各房女人明爭暗鬥、妒忌崩潰之時，她們又發瘋又跳井的，只單純為一個花心男人？想起也真夠累人……但，多少女人都曾試過奮不顧身地愛上一個人，到最後卻發現錯付癡情。結果還是覺得坐困四合院的女人們，可憫可憐。

香港大沙葉

Hong Kong Pavetta

別名 茜木，Pavetta

學名 *Pavetta hongkongensis* 科名 茜草科

種類 被子植物（雙子葉）

習性 灌木或小喬木

花期 三月至九月 果期 六月至十二月

生境 灌叢和林下 地點 常見於香港

備注 香港原生種；
已列入香港法例第96章

時晴時雨的午後，大伙兒跟佐治到東涌看蝴蝶。正值春夏之交，風雲常變，早晨暴雨，午後陽光；餓了半天的蝶兒陸續自葉底醒轉，快快樂樂尋花覓食去。

蝶兒在空中舞動不停，上上下下地炫示牠們的彩斑，如浮光、如掠影。我們早已目不暇給，佐治卻擁有一雙金睛火眼；當我們忙著左至右地追蹤鮮亮的身影，未待看清，他已開始如數家珍地向我們介紹各種蝴蝶品種及相關特性了。黑色翅膀上散佈綠色鱗片，後翅兩大點翠藍色斑紋在陽光下光輝閃爍……那是一雙瑰麗的巴黎翠鳳蝶，在我們面前展示獨特的求偶方式：雄蝶在下方癡纏緊隨上方的雌蝶，一下一上翩然若舞，互相調情追逐。除了看蝴蝶，我們還去看著名的兩棵大樟樹；數百年的巨大樟樹我擁抱它強壯的樹幹，仰頭，是繁枝盛葉，幾乎見不著樹頂外的天空。

順沿東澳古道往逸東邨方向走，又看到香港大沙葉，在陽光下振奮盛放潔白花兒。這是一八五〇年間於港島區被發現，但直到一九三四年才被命名的新品種植物。由於它率先在香港被發現，即使到後來在海南、廣東、廣西、雲南及菲律賓也找到蹤跡，仍冠以「香港」大沙葉之名。

屬灌木或小喬木的它，葉片薄紙質，呈橢圓狀倒卵形。傘房狀聚散花序，多花，萼管鐘形，花冠白色，外露花柱長約三十五毫米。特別之處在於葉面上佈滿固氮菌瘤，摸之，感覺如沙。在陽光底下，深綠的老葉上瘤點反光如天上繁星，故又俗名「滿天星」。

後來我們來到一個休息的小亭，可近距離觀賞飛機升降。佐治指著不遠處的工程船，說因為港珠澳大橋的建設，現已於洕中心密密地釘下橋躉；巨大的建設即將破壞整個海岸線，我們日後還看得見中華白海豚嗎？應該說，海豚真能在這一帶安全覓食棲息了嗎？香港太危險了，他還是希望牠們快搬到安全一點的地方去吧。

香港過路黃

Hong Kong Loosestrife

別名 香港報春、Hong Kong Primrose

學名 *Lysimachia alpestris*

科名 報春花科　種類 被子植物（雙子葉）

習性 多年生草本植物

花期 四月至五月　果期 八月至十月

生境 溪邊潮濕處、灌叢

地點 香港島、城門、馬鞍山

備注 香港原生種;
列入《香港稀有及珍貴植物》極危（CR）

收到情報說香港遠志開花了。「心思思」數天，早上見雨勢轉弱，立刻跑上山去，順道為玉葉金花和楠藤拍照作資料搜集，盡力把畫畫好。玉葉金花等常見，任務一下子就完成，但遠志找了半天還是找不到了。

微微失落。然而道上美麗的溪澗依然令人愉悅。早幾天暴雨，水都變得豐盛。我把手放進清冷水中，在流水中畫圈圈；一偏頭，竟看見水邊有小花正向我招手。那是香港過路黃的群落，在漸熱的五月初旬綻放朵朵可愛黃花。

報春花科的它原本叫「香港報春」，後改名為「香港過路黃」，屬多年生草本，全株密被毛。莖粗短，葉片呈匙形，約三至六厘米，近無葉柄，螺旋狀排列，密聚成蓮座形狀。花枝獨立，花冠黃色，長約八毫米。它在過路黃屬中位置相當獨特，是全屬中唯一短莖蓮座狀的品種，特別具研究價值。

它生長於海拔八十至八百米的次生林下、山坡灌叢中，有時亦生於岩石縫中，喜富含腐殖質的紅壤。花期四至五月，果期八至十月。

香港過路黃也屬「香港首先發現物種」，約於一八五〇年在太平山被發現。全球僅分佈於香港及廣東，因此本種在中國早已被列為「極危」物種。但近數十年來，分佈範圍已有縮小趨勢。現存僅約四千至五千株。香港大部份過路黃的生長地點均在郊野公園內，受到保護。

報春科花的花語是「青春的快樂和悲傷」。的確，過路黃如青春少艾，看似嬌弱，卻擁有強勁的根部，成長在傾斜接近垂直的坡道上，依然泰然自若地、昂首開花。

小花鳶尾

Hong Kong Iris

學名 *Iris speculatrix* 科名 鳶尾科

種類 被子植物（單子葉） 習性 多年生草本植物

花期 四月至五月 果期 七月至八月

生境 林下，潮濕草原

地點 鶴咀、大潭、大東山、蒲台島

備注 香港原生種；
已列入香港法例第96章；
列入《香港稀有及珍貴植物》需予關注（LC）

香港的春夏季潮濕炎熱，而且蟲多；去年在蚜蟲及紅蜘蛛的逆襲下，我在小窗台無奈拉起投降的白旗。對我來說，金風一吹，立秋過後，才是真正種植花卉的黃金季節。每年九、十月開始，你會發現太子花墟的園藝店舖準會騰空架子，放置一盒盒形狀大小各不同的球莖，供栽花人選購。

「根莖植物」會把營養儲藏於根莖，未雨綢繆，方便在適當環境中立即發芽、生長、開花。有點頭緒了嗎？熱鬧新春和浪漫情人時節，時常看到的花卉如鬱金香、水仙、百合等，正正屬於根莖植物。

小花鳶尾於一八七四年首次在香港發現，模式標本採自太平山及摩星嶺，稀有而珍貴。它屬多年生鳶尾科草本植物，深綠色略顯彎曲的劍形或條形葉子，配上藍紫色或淡藍色的花，花上有深紫及鮮黃斑紋，美態動人。四月至五月開花，七月至八月結果，果實橢圓形，種子有角，棕褐色。

栽培品種的鳶尾人稱「愛麗絲」，常用作插花，它的球莖在園藝店也能輕易找到，然而，個人對於「愛麗絲」小姐的記憶，並非如兒童文學作家路易斯．卡羅的仙境般夢幻；只記得當年把小球莖放在雪櫃下層，模擬冬天環境，數天後滿懷希望地放進土壤，澆水……結果半個月後球莖就爛掉，並成功孵出蠕動的蠔的幼蟲。

說到世上著名的「愛麗絲」，不能不提及梵高的畫作《鳶尾花》。整個空間幾乎都被花完全覆蓋，藍紫色的鳶尾花狀如翩翩起舞的蝴蝶，配合帶有劍氣的粉綠色葉子，富有律動；梵高巧妙以赤色泥土作陪襯，打破畫面紫藍色的冷色調。芸芸百花中，有一朵深深吸引我，你也能找到她嗎？那是色彩斑爛中唯一一朵白色鳶尾花，如俗氣中的一點純樸，高雅突出，以虛白擄獲我的注視和愛。

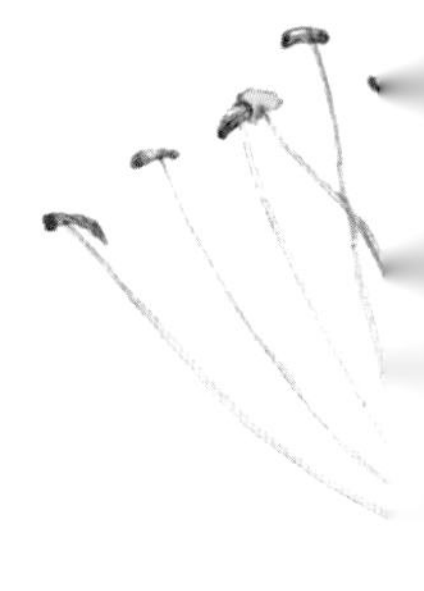

忍冬（金銀花）

Honeysuckle

學名 *Lonicera japonica*
科名 忍冬科 種類 被子植物（雙子葉）
習性 半常綠藤本 花期 四月至五月 果期 九月
生境 灌木林、樹林邊緣
地點 大潭 分佈 中國、日本、韓國
備注 香港原生種

到濕地公園導賞，適時地，忍冬花開了，大伙兒便停下來仔細觀賞。花初開為白色，後轉為黃色，因此忍冬有另一個廣為熟悉的名字——金銀花。此名始見於《本草綱目》，李時珍指其「花初開者，蕊瓣俱色白，經二三日則色變黃，新舊相參，黃白相映，故呼金銀花。」

金銀花具藥用價值。夏暑難擋，不少香港人最愛到涼茶舖喝杯五花茶以消暑祛濕。五花茶所用「五花」多為金銀花、杭菊花、木棉花、雞蛋花、槐花。金銀花屬甘寒之物，人們採其花苞曬乾，就成了中藥材。

忍冬屬半常綠藤本。幼枝密被黃褐色毛；葉對生呈卵形。它的花形狀獨特，呈唇形，上唇裂片頂端鈍形，下唇帶狀而反曲，雄蕊和花柱長長地伸出。花冠白色，有時基部向陽面呈微紅，後變黃色。結果時，果實圓形，熟時藍黑色。

花色具變化，對土壤和氣候的選擇並不嚴格，有藥用價值之餘，也易於打理，因此極適合栽培作為棚架遮蔭植物，因此，初夏路過村屋，你不難看見石圍牆上、籬笆旁邊，總是開滿黃白輝映的串串花朵。

元代呂誠曾寫《首夏田家雨中》，曰：「細雨朝來濕白沙，風前整整復斜斜。林蕉間展琉璃葉，野蔓競發金銀花。」早晨細雨隨風輕飄，野生的蔓草中，金銀花吐露芬芳。

新舊相參，黃白相映，又，古人觀察金銀花時，發現花兒總是「一蒂兩花」，猶如鴛鴦美眷，兩兩廝守，對對而生，形影不離，也給予更浪漫的稱呼，叫「鴛鴦藤」。

草豆蔻

Hainan Galangal

學名 *Alpinia hainanensis* 科名 薑科

種類 被子植物（單子葉）

習性 多年生草本植物

花期 四月至六月 果期 五月至八月

生境 林下 地點 常見於香港

備注 香港原生種

總是懷念那株因走錯路而在溪邊發現的草豆蔻。

也斯老師曾在閒聊中説好想到大帽山川龍飲早茶，我說：「好啊！」數天後我們相約於繁忙的荃灣港鐵站會合。轉過後街，跳上小巴。車子顛簸前行，不一會，把我們帶到寧靜的山野去。

明明下車走兩步就到茶樓，怎麼卻一直往前行？大概因為我們有一句沒一句地談著這幾年的生活狀態，還有尚未成形的《普羅旺斯的漢詩》，不知不覺向遠處的村落走去。那是五月初夏，前一晚剛下雨，雨後植物變得更為鮮綠，途中還經過一段小澗，流水平靜滑過石頭，我們引頸下望，還能看到小魚游弋。

迎面而來一位老婆婆。我請問茶樓在哪，她回指我們來時路。轉身回走十數步，我們同時停下了，被一串花的姿態吸引，正是草豆蔻。

南宋鄭樵《通志》記載：「豆蔻，曰草果，亦曰草豆蔻，苗、葉似山薑，花作穗，可愛。」草豆蔻屬多年生草本，株高可達三米，常在林蔭下和溪邊潮濕的地方生長。它擁有發達的根狀莖，狹長而大片的披針形葉片呈深綠色，果成熟時呈黃色，長有細毛，種子氣味芳香具藥用價值。動人心弦是它柔情的花，紅粉紅粉地，成串聚長在枝頭，花瓣黃色，上面飾有橙色斑紋。它屬薑科植物，我們行近欣賞，果然有薑的清香。

杜牧於《贈別》詩中寫道：「娉娉裊裊十三餘，豆蔻梢頭二月初」，嘗試以「二月初的豆蔻」比喻少女，自此，草豆蔻成為家傳戶曉的常用典故，如晁補之在《江城子，贈次膺叔家娉娉》亦曰：「豆蔻梢頭，春尚淺嬌，未顧已傾。」把豆蔻與少女的嬌柔情態結合得天衣無縫。

大帽山麓環境寧靜，空氣清新，早上九時，雲間透出溫暖的光芒；我們走著、笑著、談著，轉眼間，面前已是質樸的露天茶樓了。

香港細辛

Hong Kong Asarum

學名 *Asarum hongkongense*

科名 馬兜鈴科　種類 被子植物（雙子葉）

習性 多年生草本植物

花期 四月至七月

生境 山坡灌叢　地點 大嶼山

備注 香港特有原生種；
列入《香港稀有及珍貴植物》極危（CR）

香港細辛屬馬兜鈴科植物，同時是細辛屬分佈於香港的唯一代表。葉子如心形的碧綠翡翠，名副其實是香港的特有瑰寶。一九九〇年，香港植物標本室與中國科學院華南植物研究所共同發表了這個新種，自發表至今，仍未在香港境外其他任何地方發現（Endemic to Hong Kong），香港境內亦只見於大嶼山，可見其獨特珍稀。

生於山坡林，長在充滿腐殖質的黑色泥土上，跟山蒟（*Piper hancei*）、參薯（*Dioscorea alata*）、山薯（*Dioscorea fordii*）、肖菝葜（*Heterosmilax japonica*）的葉子類近，強風在山間迴轉，我懊惱極了，在冬意來襲的二月，走走停停，哆哆嗦嗦；耗費大量時間撫摸葉面、翻看葉柄、葉緣，終於好不容易，以艱辛換細辛，在一處林谷找到細辛們的棲息處。

香港細辛屬多年生草本。根肉質，革質葉片單生，正面閃亮無毛，呈卵狀心形，一般頂端急尖，幼葉的邊緣有鋸齒狀微小緣毛，成長後可能消失。花紫綠色，鐘壺狀，裂片寬卵形。由於根細有辛味，可以入藥，古時又稱為「小辛」、「少辛」。明代醫學家李時珍的鉅著《本草綱目》共五十二卷，記載一千八百九十二種中藥，對細辛記述如下：「細而味極辛，故名之曰細辛。」

由於有辛辣味道，外國亦稱之為「wild ginger」。

唐代以後，中國本草學開始成形，詠藥詩篇的數量開始增多，其後也有以藥名填詞、編曲的例子。清代丁耀亢《續金瓶梅》小說中寫有《山坡羊・張秋調》，把大量藥名收編成曲，當中亦有提及「細辛」：「金銀花紅娘子把細辛埋怨，明知道當歸，把金櫻貪戀，只為那官桂車前，指望升麻貝母，那曉得巴豆般心腸，把人參續斷。」寥寥數句已蘊含十二藥名，且語帶相關，文字遊戲中透出慧黠，令人會心微笑。

長葉馬兜鈴

Long-leaved Birthwort

學名 *Aristolochia championii*

科名 馬兜鈴科　種類 被子植物（雙子葉）　習性 木質藤本

花期 四月至六月　果期 八月至十月

生境 灌叢、疏林　地點 太平山、薄扶林、西高山、馬鞍山、大帽山

備注 香港原生種；列入《香港稀有及珍貴植物》瀕危（EN）

我站在某株長葉馬兜鈴前，懊惱著。記得去年我在這兒看到它獨一無二的有趣花朵，今年大概看不到了，現在植株只剩下疏落的葉子，幾乎都被蟲兒吃光光。

屬於木質藤本的長葉馬兜鈴長達十米，枝莖及葉柄上都密被柔毛。葉片呈革質，披針形或線狀披針形，全緣，葉背有淺棕色長柔毛。花單生或二至五朵花的總狀花序，下垂。花上有黃色及紅棕色脈，簷部盤狀，紫紅色並有暗紫色的網紋，喉部近半圓形，黃色或暗紫色。蒴果橢圓形。模式標本於一八四八年至一八四九年在太平山被搜集，被列為《香港稀有及珍貴植物》的瀕危品種。明朝李時珍《本草綱目．馬兜鈴》曰：「其實尚垂，狀如馬項之鈴，故得名。」指馬兜鈴果實下垂，狀似掛於馬頸的鈴鐺。長葉馬兜鈴擁有長圓筒形的花被管，狀似喇叭，管口寬闊，稍像豬籠草一類的食蟲植物。花被管是用來幽禁昆蟲的密室，當小蚊蠅受花的氣味及顏色吸引進入花被管，中央管道的倒生刺毛便會把小蟲困住，使之只得前行而不能後退，被強拉成為「花之媒人」，幫忙傳播花粉。

我好奇地翻開被吃掉一半的葉子，竟發現兩條肥美的裳鳳蝶幼蟲！香港二百六十多種蝴蝶中，裳鳳蝶和金裳鳳蝶直接受香港法例第一百七十章《野生動物保護條例》的保護。牠們是全中國最大的蝴蝶品種，雌蝶展翅體長可達十六厘米，約相等於兩個成人手掌。書本一般都說裳鳳蝶幼蟲吃印度馬兜鈴，卻不知道牠們也愛長葉馬兜鈴。啃吃馬兜鈴科植物的鳳蝶幼蟲體色較深，黑色的蟲體突出一枝枝的「肉刺」，「肉刺」頂端是亮眼的赤紅斑點；動物界中，紅黑組合向來屬警告捕獵者的「警戒色」，裳鳳蝶幼蟲的濃彩也隱約透露其毒性本質——馬兜鈴科植物一般都帶毒，裳鳳蝶幼蟲每天可吃四片葉子，體內累積的毒素自然不容少覷。

我繼續翻看周遭的葉藤，絕望地尋找花苞，裳鳳蝶寶寶望著我，突然自頭頂伸出一雙黃金色的「臭角」（osmeterium）。牠真的生氣了，要用臭角嚇退我這不速來客。好吧好吧，裳鳳蝶幼蟲寶寶，既然你吃了整株馬兜鈴……就祝你快高長大，就此別過。

勃氏黧豆

Birdwood's Mucuna

別名 白花油麻藤　學名 *Mucuna birdwoodiana*

科名 蝶形花科　種類 被子植物（雙子葉）

習性 木本攀援植物

花期 四月至六月　果期 六月至十一月

生境 林中　地點 常見於香港

備注 香港原生種

第一次在暴雨中行山。天黑黑，然後先聲奪人，雨聲「嘩啦嘩啦」在耳邊響起，漸進地，由極小到極大。四周景觀慢慢變得朦朧。葉子點頭，水窪泛濤。半分鐘暴雨，卻奇怪地沒半滴水點落到頭頂。我抑頭，哦，原來得到密林護蔭，數十呎高的大樹為我們擋去所有水滴，讓我們有足夠時間從背包掏出雨衣，悠然穿上，繼續走前方的上坡路。

我的雨衣從便利店買來，質地非常單薄。我冒汗了，於是它乖巧地緊貼皮膚。走到寬廣位置，滿耳盡是雨滴的聲音，還有雨點輕輕敲打雨衣的觸感。多久了，沒有跟雨水有過如此親密的接觸；城市人習慣在下雨的假日躲進大型商場逛街，幾乎不可能在暴雨的狀態下，出走、跑山。

被路人走得溜光的石頭，在雨下格外濕滑。我們迫不得已，踏上旁邊的坑路。前方是四十五度上傾的斜坡，為了確保自己不向後倒，必須把身子壓得非常非常低，然後手腳並用、連走帶爬——指尖觸及冰涼而濕滑的石頭，兩頰沾染雨花……喘息，跟大地前所未有地接近。

路經土瓜坪，前往黃麻地。雨早已停歇。林蔭昏暗處，我們發現擁有獨特外形的白色花兒，那是令人驚艷的勃氏黧豆。雨後的黧豆份外明亮，一串串熱鬧地掛在粗壯的藤枝上，照亮了行人的前路。其老莖外皮呈灰褐色，受損時斷面先流白汁，二至三分鐘後轉成血紅色。著名的香港黧豆（*Mucuna championii*）是勃氏黧豆的近親，於一八五〇年在香港島銅鑼灣首次被發現。它們花朵結構相像，但香港黧豆的花朵呈深紫色，果實形狀也有不同；勃氏黧豆長有可達一呎長的長形豆莢；香港黧豆則會長出約十五厘米的、帶有坑紋的扁形果莢。

牛蛙躲在海芋的闊葉下「咯咯」高聲鳴叫。狹路相逢一頭孤獨的巨大黑牛，緩慢地搖晃尾巴，跟我們擦身而過。剛才遇見的勃氏黧豆果然是我們的引路明燈，向前多走十分鐘，便是終點黃石碼頭了。

獅子尾

Hong Kong Taro-Vine

別名 崖角藤

學名 *Rhaphidophora hongkongensis*

科名 天南星科　種類 被子植物（單子葉）

習性 附生藤本　花期 四月至八月

生境 攀於林中樹木和岩石上

地點 香港島、大帽山、梧桐寨、馬鞍山、新娘潭、青山、大嶼山

備注 香港原生種

為了尋找野生獅子尾，特地造訪大埔滘特別地區。一九二六年起，政府在整個新界地區進行大規模植林，大埔滘區的植林工作亦告展開，當時最常見樹種是馬尾松，故該地亦被稱為「松仔園」。由於植林保育時間較早，加上香港日治時期破壞砍伐的情況相對輕微，大埔滘護理區屬香港最成熟的次生林之一。

五月下旬早上，天氣超乎意料地惡劣。我進入大埔滘「啡路」（大埔滘林徑分「紅、藍、啡、黃」四路）約二十分鐘後，風雲變色，雨雷大作，接下來的兩小時，我獨自在暴雨中行走。平路變水窪，石級變小澗，小澗變瀑布；既沒有避雨亭，亦無退路，只好暗自祈求老天行行好，卻是「無商無量」，暴雨到底。

眼鏡霧氣茫茫，手騰騰復腳震震的我，看到外形稍像獅子尾的天南星科植物，攀援路邊石，隨即拿出手機胡亂拍照；回家後仔細檢視相片，卻失望發現只是同科植物石柑（*Pothos chinensis*）。

一星期後；忘記過去，重新出發，終於在幾棵大樹的主幹上找到貨真價實的獅子尾。今天陽光普照，認清楚了：跟石柑同屬附生藤本的獅子尾，肉質莖粗壯、扁平、帶節。鐮刀形葉近革質，側脈密集但細弱。肉穗花序淡黃，佛焰苞黃色。

獅子尾亦名「崖角藤」，是香港首發現植物，模式標本於一八四七至一八五〇年間於港島區採集後，自始成為本種楷模。我自樹底觀察，獅子尾盤於巨大樹幹、節節攀升，愈往高處，葉子愈大，長勢愈猛，果有獅子登崖的氣勢！

桃金娘

Rose Myrtle

別名 崗棯，Downy Rosemyrtle
學名 *Rhodomyrtus tomentosa* 科名 桃金娘科
種類 被子植物（雙子葉） 習性 灌木
花期 四月至五月 果期 八月至九月
生境 灌叢 地點 常見於香港
備注 香港原生種

巴士關掉引擎，靜默停泊於青衣長宏邨巴士總站。那是週五早上七時半，莘莘學子忙上學，在職人士趕上班，我則悠悠閒閒地下了車，自寮肚路緩緩漫步，走到車道的盡頭，到達青衣自然徑的入口。

青衣自然徑比想像中熱鬧多了，沿途都是晨運登山客。朝早行山，我習慣跟迎面而來的行人點頭問好，那天走了個多小時，「早安」不下三、四十句。

登臨高處，盡覽汀九及青馬大橋風光。也許因為地勢開揚，陽光充沛，青衣的桃金娘比其他地方都要開得早。當別處的桃金娘仍是一顆顆青色小蕾時，青衣的桃金娘早已深深淺淺地開滿枝頭了。

桃金娘屬灌木，高一兩米。嫩枝有灰白色柔毛。葉片革質，橢圓形或倒卵形，背面有灰色茸毛。花有長梗，常單生，直徑二至四厘米，有五片花瓣，漿果卵狀壺形，成熟時是紫黑色的。

桃金娘狀似梅花，花大而美。你能發現同一棵桃金娘開著色彩不同的花，絢麗多變；花初開為桃紅色，隔幾天轉為淡粉紅，然後風吹瓣落，青澀果子漸大，成熟時色彩變深，漸現醉人的暗紫色。果實多汁，內藏細小種子，漿果去皮後可整粒放進口中細嚼，果肉味甜帶有芳香。除鮮食外，也能釀酒及製成果汁，亦能藥用，有活血通絡、收斂止瀉、補虛止血的功效。

另，桃金娘跟同科的崗松（*Baeckea frutescens*）一樣，均是酸性土壤指示植物，它們耐酸也耐貧瘠，強健粗生；難怪當天我站在山頂觀察台欣賞青馬大橋美景時，兩旁盡是崗松及桃金娘，一大．小地「雄霸（雌霸）」整個山頭呢。

玉葉金花

Buddha's Lamp

別名 Splash-of-white

學名 *Mussaenda pubescens* 科名 茜草科

種類 被子植物（雙子葉）

習性 攀援灌木

花期 四月至七月 果期 五月至十月

生境 路邊灌叢 地點 常見於香港

備注：香港原生種

漫步山野，你常能看見某種亮眼的攀援植物，白玉色葉子配以黃金色小花，在春夏之間綻放，名字改得貼切，叫「玉葉金花」。小枝上有貼伏短柔毛。葉對生或輪生，卵狀長圓形，背面鋪上密密麻麻的短柔毛。聚傘花序頂生，密花，花冠黃色，至於植物白色部份，則是由花萼萼片變異而成。玉葉金花屬全球約有一百二十種，分佈於熱帶及亞熱帶地區，太平洋島嶼及非洲等地，中國有三十一種，香港則有三種。

這是中國民間常用的藥用植物，人們全年採集，鮮用或洗淨曬乾、切碎備用。性甘、淡、涼，主治清熱解暑，涼血解毒。用於感冒、支氣管炎、扁桃體炎、咽喉炎、腎炎水腫、腸炎等。坊間另有俗名無數：野白紙扇、山甘草、良口茶、仙甘藤、白葉子、涼藤子……最美好還是英文名字，「Buddha's Lamp」，即「菩提燈」。

但這盞「菩提燈」，曾幾何時也曾令我迷茫，只因芸芸植物界中，多有外貌相似的雙生兒；玉葉金花跟同屬的楠藤（*Mussaenda erosa*）便是一例。

我讀過書上的文字敍述、看過網上圖片，依然一頭霧水，分不清玉葉金花跟楠藤的歧異。直至一次路經青衣自然教育徑，發現一棵特徵明顯的楠藤，也不理會人們的奇異目光，馬上雀躍攀到欄杆上仔細觀察，方如夢初醒：二者最大分別在於楠藤具總花梗，花軸頂的花朵先開，再從兩側分枝出小花梗，多歧聚傘花序結構鬆散，不如玉葉金花來得緊密。

石筆木

Common Tutcheria

學名 *Tutcheria championi*

科名 山茶科　種類 被子植物（雙子葉）　習性 喬木

花期 四月至六月　果期 九月至十一月

生境 闊葉常綠森林　地點 香港島、馬鞍山、大埔、龜頭嶺、烏蛟騰、大嶼山

備注 香港原生種；已列入香港法例第96章

正值花季五月，地上滿是石筆木的落花。可真有趣的外形呢，像一隻隻落在大地，被陽光煮熟的荷包蛋，花瓣邊緣還有微褐色，燒焦了一樣。更有趣的是花落後，石筆木的花萼往往跟花瓣部份完全分離；就像小時候我粗魯地把毽子大腳一踢！踢壞了，毽子底部圓柱報紙部份跟羽毛部份完整分離，卻沒有完全粉碎。

石筆木可高達九米，喜歡溫暖濕潤的環境，常生長在山谷和雜木林中；屬常綠喬木的它，樹皮灰褐色。樹冠橢圓形，多分枝。革質葉互生，橢圓形或長圓形，邊緣有小鋸齒。白色花單生於枝頂葉腋，大而美麗。花瓣五至六片，有絹毛，略有芳香，花中有大量橙黃色雄蕊。蒴果球形，密生金黃色絨毛，常裂開為三至五個花室，每室三至五枚紅色的腎形種子。跟幾種山茶科植物如香港茶（*Camellia hongkongensis*）、紅皮糙果茶（*Camellia crapnelliana*）、木荷（*Schima superba*）一樣，石筆木也於香港開埠初期，在香港島被採集並成為香港首先發現品種。

政府規劃署於二〇一四年初建議改劃八幅位於大埔的綠化地帶為住宅用途，令一眾愛好自然的人士心焦如焚。大眾尤其重視大埔汀角路接近鳳園的一幅面積四點七八公頃綠化地。被劃為「具特殊科學價值地點」的大埔鳳園，是香港著名的「蝴蝶天堂」，已錄得逾二百種蝴蝶，佔全港蝴蝶總數逾八成。鳳園旁邊的綠化地，亦已生長了逾三千棵高十二至十五米的成熟樹木；因該地過去三十年都沒有被山火洗禮，有演變成次生林的跡象。當中亦包括受香港法例保護的樹木，如本篇提及的石筆木、紅花荷和土沉香。其中石筆木的樹齡最少有二十年，屬成熟樹。

但這些重要品種，規劃署文件卻沒交代，僅稱植被主要為外來物種如台灣相思（*Acacia confusa*）、桉屬（*Eucalyptus*）等普通樹種。政府如今欲把「有植被地帶」申請改劃為住宅，有違二〇一四年的施政報告稱在「沒有植被、荒廢或已平整」的綠化地帶建屋的說法。若興建住宅，不但要犧牲大片需要數十年才能長成的成熟林木，更會令鳳園失去生態緩衝區，「蝴蝶天堂」地位將岌岌可危矣。

餘甘子

Myrobalan

別名 油甘子、Emblic Leaf-flowered

學名 *Phyllanthus emblica*

科名 大戟科　種類 被子植物（雙子葉）

習性 喬木或灌木

花期 四月至六月　果期 七月至九月

生境 較乾燥的疏林　地點 常見於香港

備注 香港原生種

盛夏炎炎、蟬鳴聒噪的季節，路過向陽山邊，總會發現一、兩棵餘甘子樹，枝頭掛上剔透溫潤的碧綠色果子，讓人垂涎欲滴。但你可有心理準備？輕輕一咬，酸澀怪味充斥口腔，極欲吐出！但稍安勿躁，其實只需多嚼一會，你便會發現所有酸澀，最終都會變為滿嘴甘甜。

餘甘子多生於乾燥而陽光充足的疏林。喬木或灌木，高達十米。葉紙質或革質，葉片長圓形，正面綠色，背面淺綠色。雄花和雌花組成腋生的花序。果實為核果，圓球形，外果皮肉質，綠白色或淡黃白色，內果皮硬殼質，種子略帶紅色。

我們乍看以為餘甘子具羽狀複葉，細看，實為互生小單葉。如何分辨單葉或複葉？導師都教我們觀察長於葉腋的腋芽（Axillary bud）；假如眼前羽狀葉上共有十片小葉——它是複葉的話，便只有一個葉芽；但它是單葉的話，即有十個獨立小葉芽。

餘甘子是兩廣、雲南及其他東南亞地方的主要果樹。充滿維他命C的餘甘子鮮食能治喉痛聲沙，或是浸糖水做成蜜餞。也有商人將餘甘子製成茶包，稱能消脂及穩定血糖。人們愛把小葉曬乾作枕頭填料；在盛夏炎炎的晚上，睡在餘甘枕頭上，晚風一吹，清香讓人怡然入夢。

東漢楊孚撰《異物誌》曰：「餘甘大小如彈丸……初入口苦澀，咽之口中，乃更甜美足味。」一年長一輩告訴我，有一種命運叫「油甘命」，比喻人生像油甘，先苦後甜。我人生閱歷不多，仍覺人生像餘甘子；人在社會打滾、嚐到苦楚，大多時候藏於心底。但我仍堅信，假如意志堅定，咬緊牙關一一闖去了，韶光荏苒，最後所有酸澀，當必化為縷縷餘甘呢。

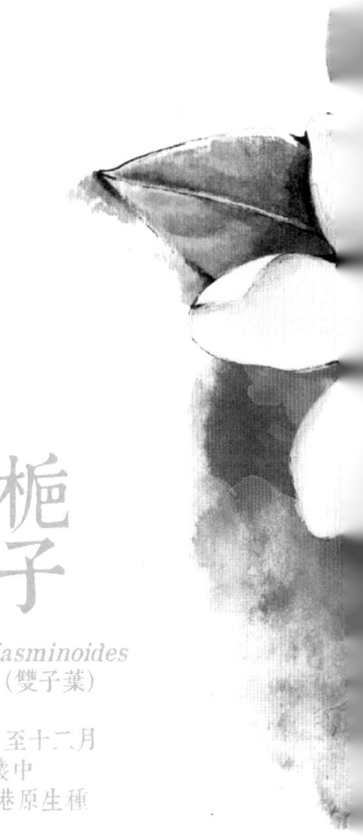

梔子

Cape Jasmine

別名 水橫枝　學名 *Gardenia jasminoides*
科名 茜草科　種類 被子植物（雙子葉）
習性 灌木
花期 四月至八月　果期 五月至十二月
生境 丘陵溝壑和灌叢中
地點 常見於香港　備注 香港原生種

假日早上前往香港大學旁邊的龍虎山。「龍虎山」山名險要，卻名不副實，全程輕鬆易走。園內最大特色，是上世紀初留下的松林炮台及堡壘等遺跡。

我有聽錯嗎？荒廢堡壘傳來曼妙的竹笛聲。一位老者安坐空洞廢堡中，如超脱的仙人獨自吹笛……我不禁駐足，卻又覺得盯著人家看著實不禮貌，遂走向旁邊一棵梔子，扮作觀花……實為賞樂。

中國有八大香花：蘭花、茉莉、桂花、白蘭花、珠蘭、玳玳花、玫瑰，還有眼前的「梔子」。它是常綠灌木，高一至三米。葉對生，革質，通常為長圓狀披針形。花芳香，常單朵生於枝頂，花冠白色，花藥線形外露。果實橢圓形，頂部的宿存萼片長達四厘米，成熟後呈橙黃色，能入藥，更可製成織物染料，稱「梔黃」。梔子花外形優美且香味濃郁，自古以來備受文人墨客的青睞。韓愈〈山石〉詩：「升堂坐階新雨足，芭蕉葉大支子肥」及王建〈雨過山村〉詩：「婦姑相喚浴蠶去，閒著中庭支子花。」當中的「支子」即梔子花。

日本文學鉅著《源氏物語》中的梔子花意象也令我傾倒。《源氏物語》記載日本平安時代貴族光源氏的愛情故事。故事中的光源氏是天皇之子，擁有舉世無雙的俊美外表，多才多藝且風度翩翩，堪稱古代「高富帥」。身邊美人永遠如水流轉，當中有位「六條御息所」，是才識俱備的貴婦，喪夫之後一直不輕易與人交往，卻於二十四歲時，與小她八歲的光源氏熱戀。後來二人感情漸淡，源氏移情，內心受創的她從此覺得靈魂出竅。

其時源氏與新情人浪漫幽會之處梔子花滿開，暗香浮動；御息所憂傷又嫉妒的生靈竟自軀殼緩緩飄出，毒煙一般溜進房間，殺死當時正躺在源氏懷抱裡的無辜紅顏。御息所半夜悠悠醒轉，還以為自己做了一場可怕的殺人惡夢，坐起來，卻發現身上沾滿不明的梔子花香，馥郁醉人，久久不散……

薜荔

Creeping Fig

學名 ***Ficus pumila***

科名 桑科　種類 被子植物（雙子葉）

習性 攀援灌木　花期 四月至十二月

生境 攀於牆與樹上　地點 常見於香港

分佈 長江以南、日本、印度、越南

備注 香港原生種

走過一條小村，田畦旁有一行只有一層高的古式舊房子，起碼有四五十年的歷史吧。我抬頭，看見攀緣植物的葉子繞滿屋頂，更有一個個形狀獨特的果實掛在植株上，嘜！那是什麼呢？原來是桑科榕屬的薜荔。

薜荔為雌雄異株，各自生成雄榕果或雌榕果。它們屬攀援灌木，葉卵狀心形，帶著厚度呈薄革質，而基部稍不對稱。榕果單生葉腋，雄花及癭花序梨形，雌花序近球形，直徑約三至五厘米，成熟時略帶微紅。切開裡面，極細小瘦果近球形。

說起薜荔這名字也許會比較陌生，但說到「愛玉」大家通常都會雀躍起來。現代分類學上，植物學家把愛玉子（*Ficus pumila var. awkeotsang*）視為薜荔之變種。台灣人愛把愛玉子榕果放在水中搓揉，將果實中半透明的膠質洗出，凝成「愛玉凍」，食前只要加一點蜜糖和檸檬汁，即成為清涼消暑的夏日甜點。

在植株形狀外觀方面，薜荔與愛玉子極為相似，但愛玉子的葉子通常較長，榕果較大型呈長橢圓狀；薜荔葉較小型，榕果呈短橢圓形且較小，果膠含量較低，所以一般不用以製作愛玉凍。

文學方面，其實早在二千三百年前的《楚辭》中的《九歌．山鬼》篇中已有薜荔之記載。《九歌》由戰國楚人屈原寫成，乃一組祈求風調雨順的「祭神」樂歌，《山鬼》篇中的「山鬼」其實並非指恐怖「鬼魂」，而應理解為未獲天帝正式冊封的「山神」。

那麼，屈原心中的山神到底長什麼樣子呢？《山鬼》揭示了她的外觀，正是「被薜荔兮帶女蘿」——「她」以薜荔翠綠色的葉子纏繞成衣服，並用幼繩狀的地衣松蘿作為繫衣帶子，推開雲霧，從濃綠的原始森林中踏步而出，打算與約好的情人幽會……

香港遠志

Hong Kong Milkwort

學名 *Polygala hongkongensis*

科名 遠志科　種類 被子植物（雙子葉）

習性 多年生草本植物

花期 五月至六月　果期 六月至七月

生境 林下　地點 香港島、馬鞍山、大帽山

備注 香港原生種

找不到遠志，心有戚戚焉。我是固執的人，知悉香港遠志的花期為五至六月，遂再次到訪港島區，踏上尋覓遠志的旅程。

先上大風坳。近山端有水潺潺，艷橙色的溪蟹在引水道中橫行霸道。山茶科的木荷正值五月花期，繁花滿枝，早上一場降雨後，白色的花朵更顯淨潔。但遠志呢，我心儀的遠志在哪裡？走過三小時的路，時晴時雨，終於不負有心人，在某組石級底部陰暗處，找到十數棵香港遠志。啊！都結果了。

香港遠志為香港首發現品種，模式標本由 J. G. Champion、C. Wright 及 J. Lamont 於一八五〇年代在港島區收集。它屬多年生草本至亞灌木，直立生長，高十五至五十厘米。莖枝細，長滿短柔毛。小花朵疏鬆地排在株頂，花朵頂端伸出具兩組紫藍色流蘇。蒴果近圓形，具闊翅，藏有兩顆黑色種子。

遠志歷史源遠流長，三國時代魏國張揖編纂的訓詁彙編《廣雅》中，指出遠志古名為「葽」。我再尋找有關「葽」的文獻記載，竟發現早於春秋，遠志秀美的身影已出現於《詩經．豳風．七月》篇，曰：「四月秀葽，五月鳴蜩。八月其穫，十月隕蘀。」意譯即為：「四月，遠志優雅開花。五月，蟬鳴叫，八月，莊稼要收穫。十月，葉子落下來。」我覺得那真是多麼單純的詩歌，直說四季情態，沒有花巧，卻奇妙地動人心弦。

遠志也是古時常用的草藥植物，明朝大醫學家李時珍於《本草綱目．遠志》點評：「此草服之能益智強志，故有遠志之稱。」觸類旁通，把「遠志」引申為「遠大堅強之志」……時值廿一世紀，逼人生活把意志磨平，遠志也是鮮見於山間，難覓難尋。

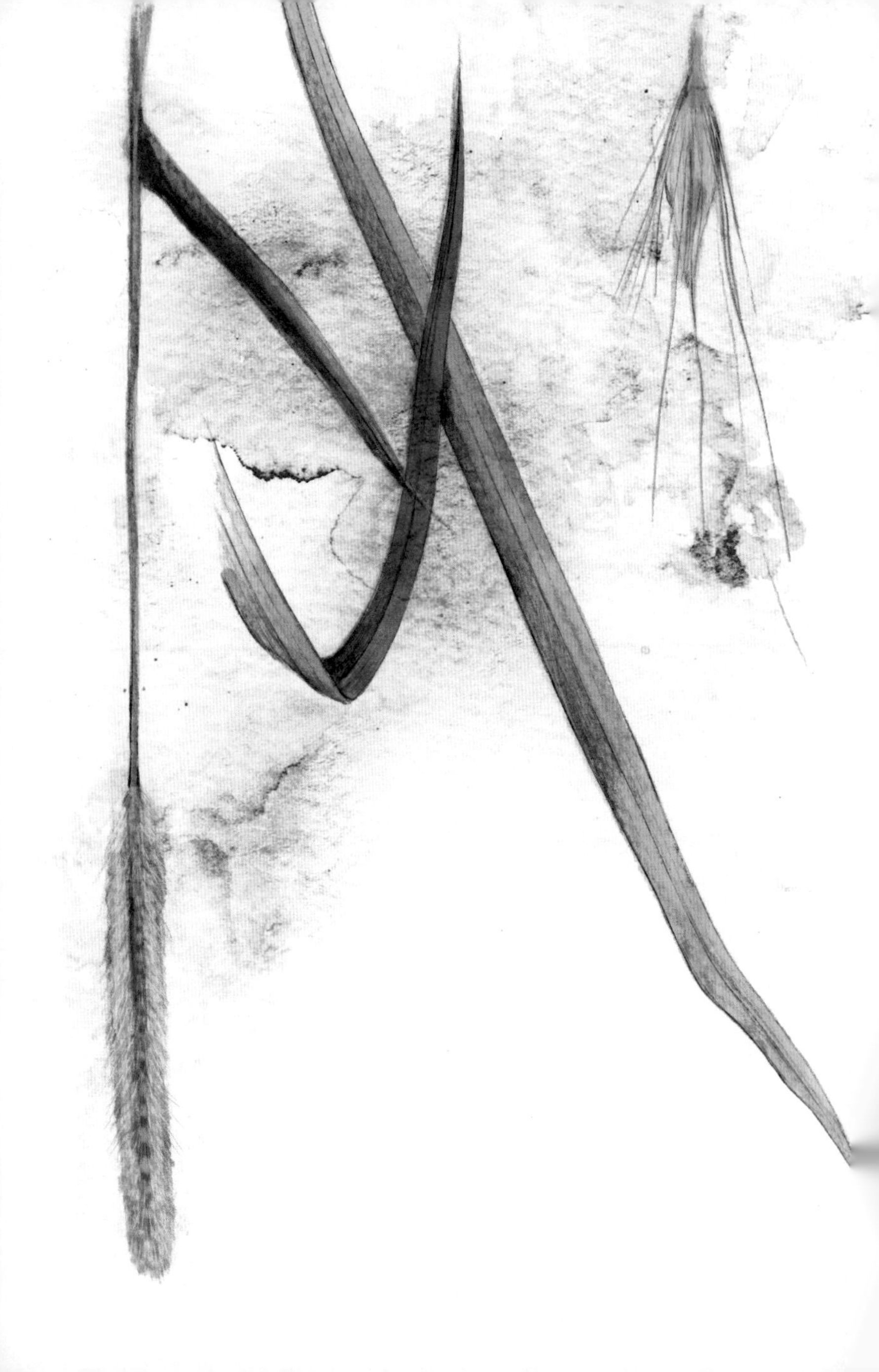

狼尾草

Plume Grass

別名 狗仔草

學名 *Pennisetum alopecuroides*

科名 禾本科　種類 被子植物（單子葉）

習性 多年生草本植物

花期及果期 五月至十一月　生境 田野、路旁

地點 常見於香港　備注 香港原生種

我們畫漫畫，畫到孩子們在野外逗玩小貓咪時，常常添上一根禾本小草，細細的草莖，末端是毛絨似的穗；主人拿在手中揮動，小貓咪踮高後腿彈彈跳，貌甚可愛。小草正是狼尾草，屬多年生草本。稈直立，叢生，高三十至一百二十厘米，葉片線形細長。圓錐花序直立，剛毛粗糙，淡綠色或紫色，穎果長圓形。

在文學上，狼尾草常與外貌相似的狗尾草並列，早於《詩經．小雅．大田》已見兩者蹤影：「既方既皁、既堅既好。不稂不莠、去其螟螣。及其蟊賊、無害我田穉。田祖有神、秉畀炎火。」《小雅．大田》既是周王祭祀田祖等神祇的祭祀詩，也是《詩經》中頗為重要的農事詩。內容描述農人播種至收穫的過程，為後人提供了西周農業生產時的具體資料。當中的「稂」就是狼尾草，「莠」則是狗尾草；「不稂不莠」即指田中沒有野草，由此可見古代農民一直視二者是田間惡草。沒有稂莠，加上農民辛勤地「去其螟螣」（除去破壞作物的害蟲），還得到神明保佑，收穫自然豐盛。我們在香港野外經常可找到狼尾草，其實它非為百分百「雜草」，種在水邊也有固堤防沙之效，亦可作飼料、編織素料或造紙原料。

我坐在郊野公園的木椅上，盯住它發呆，忽然想起好友可愛的初生小女兒。怎麼會有這種古怪聯想？對呢，清潔寶寶奶瓶的小刷子，不就像眼前這些小狼尾巴嗎？

香港鷹爪花

Hong Kong Eagle's Claw

學名 *Artabotrys hongkongensis*
科名 番荔枝科　種類 被子植物（雙子葉）
習性 攀援灌木
花期 五月至八月　果期 八月至二月
生境 林中低地　地點 大潭、南風道、鳳凰山
備注 香港原生種；
列入《香港稀有及珍貴植物》
需予關注（LC）

我個子小，因此觀察高大喬木與掛得高高的攀援植物向來是我的弱項；沒有高度優勢的我，索性走路時多看地面，集中注意腳邊的草本植物及灌木，幸而偶爾會有比我高大的山友替我補足長短。我眼前這株野生香港鷹爪花，也是由眼力好的山友所發現。

沒有見過這麼大的香港鷹爪花，木質化的老藤橫跨了多棵樹，粗度足有一吋多，老藤的鈎子經過風雨洗禮，不少已被磨蝕，幸好還有幾鈎讓我們在繁盛密林中，將珍貴少見的它識別出來。

香港鷹爪花屬攀援灌木，小枝上有黃色粗毛。葉片橢圓狀，頂端急尖或鈍，葉面革質有光澤。花單生，萼片三角形，花瓣卵狀披針形，外輪花瓣密密鋪上絲質柔毛，厚質，內輪花瓣長十至十二毫米，果實呈橢圓狀。香港鷹爪花屬香港首先發現的品種，於一八五三年在香港島歌賦山被發現。花芳香，具有潛在的開發利用價值。

異於假鷹爪（*Desmos chinensis*），兩者除花朵和果序有明顯不同外，香港鷹爪花擁有狀如魚鈎的鈎子；當這些如暗器的利鈎扣到其他植物的枝幹後，會慢慢將之纏緊，藉以借力攀到更高更遠的地方去。

小時候喜歡到室內遊戲中心，最愛玩「夾娃娃機」，遊戲過程既考眼力也極富狩獵刺激感。錢幣投下去了，我望著透明箱子裡各式各樣的可愛娃娃，幾近垂涎。香港鷹爪花外形獨特，我胡思亂想，竟覺得跟夾娃娃機的狩獵夾子有幾分相像哩！

凹葉紅豆

Emarginate-leaved Ormosia

別名 Shrubby Ormosia

學名 *Ormosia emarginata* 科名 蝶形花科

種類 被子植物（雙子葉） 習性 常綠小喬木

花期 五月至六月 果期 十月至十二月

生境 生於混交林中 地點 常見於香港

備注 香港原生種

朋友發現地上有兩枚鮮紅色的小豆，好奇拾起。她抬頭，原來滿樹都是凹葉紅豆的深色豆莢，有不少經已開裂，露出明晃晃的紅色種子。我們被逗樂了，把地上的紅豆收集起來，掬於手心，拍下不少照片。

凹葉紅豆屬小喬木，高可達六米。幼樹樹皮綠色，漸變為灰綠色。全株無毛。奇數羽狀複葉，厚革質，倒卵狀長圓形或橢圓形。花芬芳，花冠白色或粉紅色。木質豆莢呈菱形或長圓形，內有一至四顆種子，朱紅色，近圓形或橢圓形，微扁。

「紅豆生南國，春來發幾枝。願君多採擷，此物最相思。」王維的《相思》中的紅豆意象，為後世帶來極大的影響，因為這首動人詩歌，象徵愛情的紅豆亮麗地掛在人們心頭上，千年不衰。

我幻想一個晴朗的秋天，詩人信步走到野外，望見枝頭上果莢裂開，露出一顆顆紅得透亮、晶瑩如珠的紅豆，情思油然而生。一個「願」字充滿深情，

「相思」一語更是情深意長。詩人懷念情人，遙囑對方「採擷紅豆」，他不説人相思，而説「此物最相思」，把自己無盡情意寄托在紅豆，同時渴望彼方的情人也會把這份鮮艷真摯的思念緊握掌中、置放心上。

流行曲《紅豆》弦續苦戀與浪漫。「還沒為你把紅豆／熬成纏綿的傷口／然後一起分享／會更明白／相思的哀愁。有時候／有時候／我會信一切有盡頭。」當中的「紅豆」，當然非指香港原生的凹葉紅豆，因部份「紅豆」有劇毒（如相思子），不能吃，否則毒入愁腸，跟失戀一樣「大件事」。

香港木蘭

Hong Kong Magnolia

學名 *Magnolia championii*

科名 木蘭科　種類 被子植物（雙子葉）

習性 常綠灌木或小喬木

花期 五月至六月　果期 九月至十月

生境 常綠樹林

地點 大潭、大埔滘、大嶼山

備注 香港原生種;
已列入香港法例第96章

站在溪澗前已經很久了。猶豫要否走過中間三十尺長、一尺闊的小水隄。數天大雨過後，溪澗水位升高，現在，流水早已覆蓋了隄面；但要走到對岸，惟經此路。是危險的，我知道的。卻還是脫掉鞋襪，涉水而過。我靜靜站立隄上，讓清水滑過腳面；攝氏三十度的氣溫下，溪水出奇沁涼。緩緩開步，腳邊踢起的水花，在陽光下變成顆顆反光小珍珠——這像是極奇妙的儀式；濯足過冷冷清水的我，宛如經已受洗於自然，成為虔誠的信徒了。

獎勵我的勇氣與忠貞乎？才走過對岸，便看見滿地白花，是木荷嗎？我跪下觀看，不，那是片片分開散落小花瓣，散發幽幽甜香。我忽然意識到什麼，抬頭，驚喜地在這個初夏早晨與香港木蘭邂逅。

香港木蘭屬常綠小喬木。小枝綠色，葉子狹橢圓形，先端漸尖，邊緣起伏成波狀。花白色呈球形，芳香，三輪共九瓣，外輪三片淡綠色，中間兩輪白色。聚合果褐色，呈橢圓體。它屬香港首發現植物，一八四七至一八五〇年間於香港島快活谷首次發現，一八六一年正式發表為新種。

木蘭科素被認為是古老而原始的被子植物；花單生，不組成花序，花被片也未有分化成真正的花萼……故花落時，花瓣往往分散滿地。又，香港木蘭有夜開特性——黃昏時蠢蠢欲動，日落後方完全盛開，然而盛開半夜馬上凋零，以致難以繁衍，幼株數目稀如麟角。

古老花木既美且香，自然載譽無數。古人尤愛以香草香木以喻君子，最經典乃屈原《楚辭・離騷》：「朝飲木蘭之墜露兮，夕餐秋菊之落英。」早上飲用木蘭上的露珠，晚上用菊花殘瓣充飢，示現了屈原不願與當時黑暗政治同流合污的高潔人格；與《史記》中伯夷、叔齊「義不食周粟，隱於首陽山，採薇而食之」實有異曲同工之妙。

木蘭在水一方。我與她不期而遇。《詩經》一句「邂逅相遇，適我願兮。」足夠形容了我跟伊人相遇的美麗、快樂、圓滿。

香港四照花

Hong Kong Dogwood

學名 *Cornus hongkongensis*

科名 山茱萸科　種類 被子植物（雙子葉）

習性 喬木或灌木

花期 五月至六月　果期 十一月至十二月

生境 林中　地點 柏架山、太平山、梧桐寨、城門、大帽山、鳳凰山

備注 香港原生種；已列入香港法例第96章

四片白色苞片開展，彷彿回應太陽之照耀，答謝其滋養之恩。時值四月下旬，我在城門標本林看到怒放的香港四照花。葉片繁茂，樹冠飽滿，樹形優美的它，葉子與花序密密鋪於樹頂，遠看如一盞挺拔枱燈，貌甚醒神。

香港四照花屬常綠喬木或灌木，樹皮平滑，呈深灰色或黑褐色。葉對生，薄革質至厚革質，橢圓形至長橢圓形，頭狀花序，小花無梗而密生，四片白色總苞片（苞片是位於正常葉和花之間的單片或數片變質葉，有保護花芽或果實的作用）呈寬橢圓形至倒卵狀寬橢圓形。果序球形，有白色細毛，成熟時黃色或紅色，據《中國植物誌》所載，本種果實可鮮食或釀酒。

香港四照花於一八五〇年首次被發現，並於一八八八年以「香港」命名；其時非常稀有，只曾在幾處濕潤山谷的密林中有過記錄，植株亦甚具特色；新長的嫩葉呈粉紅色或奶黃色，其後才漸漸轉綠色。球形的頭狀花序由五十至七十朵花聚集而成，外有四枚白色苞片伸展，素雅清淨。

翻索古籍資料，方知「四照花」的名字極古老，古老得叫人吃驚。早於先秦《山海經》已現影蹤：「南山經之首曰招搖之山……有木焉，其狀如穀而黑理，其華四照，其名曰迷穀，佩之不迷。」意指招搖山上有種樹兒，長得像構樹（*Broussonetia papyrifera*，桑科構屬植物，《詩經》稱「穀樹」），但木質肌理要黑一些，開花時，花瓣光華四照，名字叫「迷穀」，戴上這「迷穀花」就不迷路了。

當然那是傳說中的芳菲，《山海經》裡說的「迷穀花」，未必是現代所說的四照花，但至少「其華四照」的芳名在這兒正式出現了。宋代歐陽修曾《題金山寺》：「地接龍宮漲浪賒，鷲峰岑絕倚雲斜。岩披宿霧三竿日，路引迷人四照花。」頌讚四照花開時，光華四照，在濃霧茫茫的日子，猶如慈航普渡的明燈，引領不得路徑的迷路人。

秋茄樹

Kandelia

別名 水筆仔、紅茄 學名 *Kandelia obovata*

科名 紅樹科 種類 被子植物（雙子葉）

習性 灌木或小喬木 花期及果期 全年生長

生境 紅樹林沼澤邊緣

地點 常見於香港 備注 香港原生種

到新界北去，訪南涌天后宮。它是典型的望海天后宮，分上下兩層，同時供奉兩位跟海神信仰相關的神祇——「天后」及「龍王」。入選「聯合國教科文組織人類非物質文化遺產代表作名錄」的「媽祖文化」固然為人津津樂道；「龍王傳説」結合道教和佛教，也極具特色。近年南涌天后宮重建，移走原有的龍王神牌，改放五尊龍王神像，為全港獨有。

走到廟外的半圓形祭台。我蹲下來，看見祭台緊貼海平面，十數石級緩緩入海。請教廟祝，原來祭台用處在於恭請神明：當祭祀請神儀式開始，龍王即由大海登級而至，再進廟宇，接受黎民百姓的供奉。廟宇兩旁有紅樹林，因此，祭台旁邊浮著不少水筆仔的胎生苗，在海濱飄啊盪啊。

香港共有八種「真紅樹」，計有水筆仔（秋茄）、木欖、桐花樹、白骨壤（海欖雌）、銀葉樹、欖李、海漆及鹵蕨。為什麼叫「紅樹」？事實上，「紅樹」葉子非是紅色，甚至不一定是樹。名字緣起在於植物組織中有含量非常高的丹寧酸，其味苦澀、有特殊氣味，防止被草食性動物及昆蟲啃食。丹寧酸令植物的汁液呈紅色，從樹皮提煉出，更可製作紅色染料。

水筆仔是紅樹林中最常見的品種。多為灌木，高二至三米。樹皮平滑，呈紅褐色。葉邊圓滑，葉脈不明顯，開著白色的花。胚軸呈筆狀，細長，約十二至二十厘米。有人說水筆仔是「胎生樹」，這是相當貼切的比喻：胚軸如嬰兒在母體早已成形，成熟時，脱離母株，筆直地落入泥灘著床後，即可快速獨立成長，生根，在頂部抽出葉子，然後潮汐中勇猛長高；抵風抗浪數年，自能開花結果。

夕陽無限好，天色已黃昏。一雙小白鷺在眼前掠過，悠然降落對面著名的鷺鳥天堂——「鴉洲」。對於能在浮華亂世找到落腳地的鷺鳥們而言，清淨煩囂，僅一水之隔；但對於沒有翅膀的我們而言，卻永遠是這麼近又那麼遠，可望卻不可即。

極少開花及無花植物

秀英竹

Shiuying Bamboo

學名 *Arundinaria shiuyingiana*

科名 禾本科　種類 被子植物（單子葉）

習性 喬木狀散生竹

生境 低於一百米的遮陰山坡

地點 新界　備注 香港特有原生種；列入《香港稀有及珍貴植物》易危（VU）

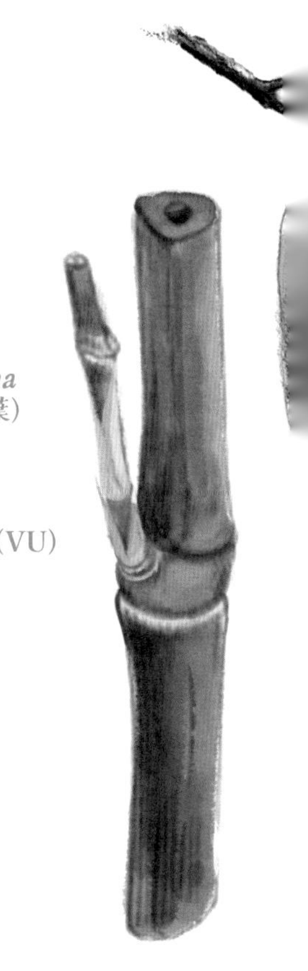

根據地下莖的分佈狀態，竹可區分為「叢生型」與「散生型」兩種。「叢生竹」的根部連接合軸成密集團狀，成長時聚集成叢；「散生竹」的根部則橫向而長。本港的竹林主要由灌木型散生竹組成，常見的種類有篲竹、托竹、華箬竹等。至於僅見於香港的秀英竹，亦屬散生竹，於一九八一年由胡秀英教授於尖山首次發現，並命名「秀英竹」，以表揚胡秀英教授對香港植物研究的貢獻。秀英竹的根狀莖細長，高四至六米，直徑一至兩厘米。節間長二十二至三十八厘米，葉鞘無毛，常有紫色小斑點，呈線狀披針形。秀英竹是中國境內易危物種，僅見於尖山及中文大學校園，極具科學研究價值。

「竹」是中國人常常提到的「四君子」之一，另外「三君子」指「梅、蘭、菊」；明朝神宗萬年間，黃鳳池輯錄了《梅竹蘭菊四譜》，陳儒題稱為「四君」，此後在中國繪畫，特別在花鳥畫中，它們常被文人雅士借用，以表現正直的氣節、虛心的品質、真摯的情感。

上國畫課，學習繪畫「四君子」過程中，最考起我的可算是「竹」了。竹葉的結構有肥瘦，畫時需要先用筆尖勾出頂梢，然後稍用力把毛筆往下一壓，壓出葉身最寬的位置後，即要把筆頭提高，順勢收筆，才能畫出完美的一片雅氣的竹葉。假如下壓力度太小，會變成一根瘦草在風中飄搖欲墜，太用力的話，則會變成一粒笨拙的胖栗子。

北宋畫家文同（字與可，自號「笑笑居士」）是畫竹的高手；為了畫好竹子，經常跑到居屋附近的竹林觀察竹子的種種形態——大熱天，人們紛紛躲進涼爽處，他卻汗流浹背地佇足觀竹；雷聲鑿鑿，人們爭相避雨，他卻戴起草帽直奔竹林，看柔韌的竹枝如何面對風雨。日子有功，竹子在任何天氣下的千姿百態他都一清二楚，畫起來手心相應，無須草稿，也能繪就充滿生氣、動人非常的作品。文學家晁補之稱讚他的專注與熟練，說：「與可畫竹，胸中有成竹。」蘇東坡也說：「寧可食無肉，不可居無竹，無肉令人瘦，無竹令人俗。」但也不瞞你說，小時候認識四位君子，其實是在父母的麻將桌上哩！

芒萁

Dichotomy Forked Fern

學名 *Dicranopteris pedata*

科名 裹白科　種類 蕨類植物　習性 草本植物

地點 常見於香港　生境 山坡　備注 香港原生種

三月初，某個煙雨迷濛的下午，我們到大埔滘行逛。起步點的猛鬼橋石碑，令行程倍添微妙的氣氛。沿著微微向上的行車路走，一路上遇到鳥浪（Bird wave），在不同品種鳥類的歌聲下緩緩前行。其時氣溫只有十三度，天氣潮濕，霧氣氤氳，沿途有厚木製的野餐枱凳，上面薄薄地鋪上一層淺綠色青苔。小草都凝了玻璃似的水珠，倒映四周寧靜的景致。

當天最引人入勝的，莫過於一串串開美麗大紫花的攀援植物大花老鴉嘴（*Thunbergia grandiflora*）高高掛在數十米的古老大樹上，像花和葉的瀑布；還有在溪邊環境中繁盛生長的各種蕨類，令人目不暇給。我想起商朝賢士伯夷、叔齊的清高。他們在前朝滅亡後，「義不食周粟」，寧願隱居首陽山，採「首陽蕨」以食，最後，蕨類耗盡、露水枯乾，二人絕食而亡。

香港有二百多種蕨類。蕨類特別之處在於它們用孢子繁殖，不會開花結果。同一品種的蕨類往往有兩種形狀不同的葉子：營養葉與孢子葉。營養葉負責提供營養、儲存養分；孢子葉則會散出孢子。孢子著地後成為微細的配子體，配子體成熟後釋放精子和卵子，兩者結合成為受精卵，再經時日發育，便能長成另一獨立植株。它們生命力異常頑強，熊熊山火之後，長得最快的，正是蕨。

芒萁是香港山郊常見蕨類，常生長在樹林邊緣，即使是強酸性土的荒坡也難不倒它們，在森林砍伐後或放荒後的坡地上常成優勢群落。通常高四十五至九十厘米。根狀莖橫走，葉柄棕禾稈色，幼時有毛，其後漸脱落，葉軸一至二回二叉分枝，裂片平展呈線狀披針形，羽片基部上側的數對極短，各裂片基部匯合；葉為紙質，表面黃綠色或綠色。

「潺潺」之聲入耳，我們在水邊嬉水，孩子似的蹲在溪流的上游，把手伸進涼沁水中。沒有任何污染，水是清澈見底的，溪中有天然的、大小不一的石頭，形成深深淺淺的幽美漩渦。魚苗匍匐水底，米蝦躲在香蒲蔭下，小螺黏於溪邊石緣……生機總在暗處勃發，只待你去細心觀察與發掘。

附錄一：有關植物法例

香港法例第 96 章

《林務規例》是香港法例第 96 章《林區及郊區條例》的附屬法例，在此規例下，任何人無合法辯解，不得售賣、要約售賣、管有、保管或控制二十七種植物或其任何部份。

香港法例第 586 章

本港已制定香港法例第 586 章《保護瀕危動植物物種條例》，凡進口，從公海引進，出口，再出口或管有列明物種的標本，不論屬活體的，死體的，其部份或衍生物（包括藥物），均須事先申領漁農自然護理署發出的許可證。

列入《香港稀有及珍貴植物》：

根據其瀕危程度，將物種分別列入五個受威脅等級：極危（CR-Critically endangered）、瀕危（EN- Endangered）、易危（VU- Vulnerable）、近危（NT- Near threatened）及需予關注（LC -Least concern）。

附錄二：植物花、果期表

灌木 Shrubs

花期
果期

秋茄樹
page 249
香港四照花
page 245
香港木蘭
page 241
梔子
page 217
桃金娘
page 201
香港大沙葉
page 165
一月
二月
三月
四月
五月
六月
七月
八月
九月
十月
十一月
十二月

喬木 Trees

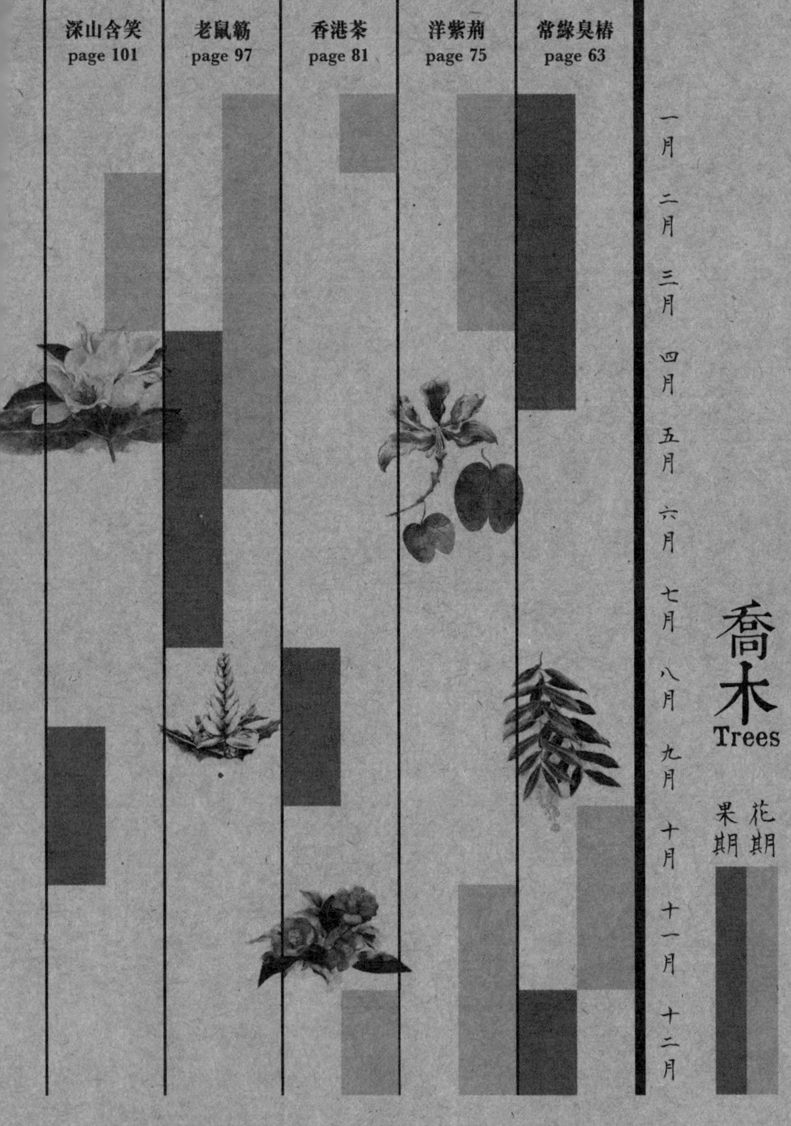

花期
果期
一月
二月
三月
四月
五月
六月
七月
八月
九月
十月
十一月
十二月
常綠臭椿
page 63
洋紫荊
page 75
香港茶
page 81
老鼠簕
page 97
深山含笑
page 101

紅花荷
page 109
野漆樹
page 139
楓香
page 157
楊梅
page 147
土沉香
page 151
石筆木
page 209
一月
二月
三月
四月
五月
六月
七月
八月
九月
十月
十一月
十二月

喬木 Trees

花期 果期

	凹葉紅豆 page 237	餘甘子 page 213
一月		
二月		
三月		
四月		花期
五月	花期	花期
六月	花期	花期
七月		果期
八月		果期
九月		果期
十月	果期	
十一月	果期	
十二月	果期	

草本植物 Herbs

花期
果期
一月
二月
三月
四月
五月
六月
七月
八月
九月
十月
十一月
十二月
薏苡
page 25
蘆葦
page 33
火炭母
page 37
芋
page 41
虎斑石豆蘭
page 45

草本植物 Herbs

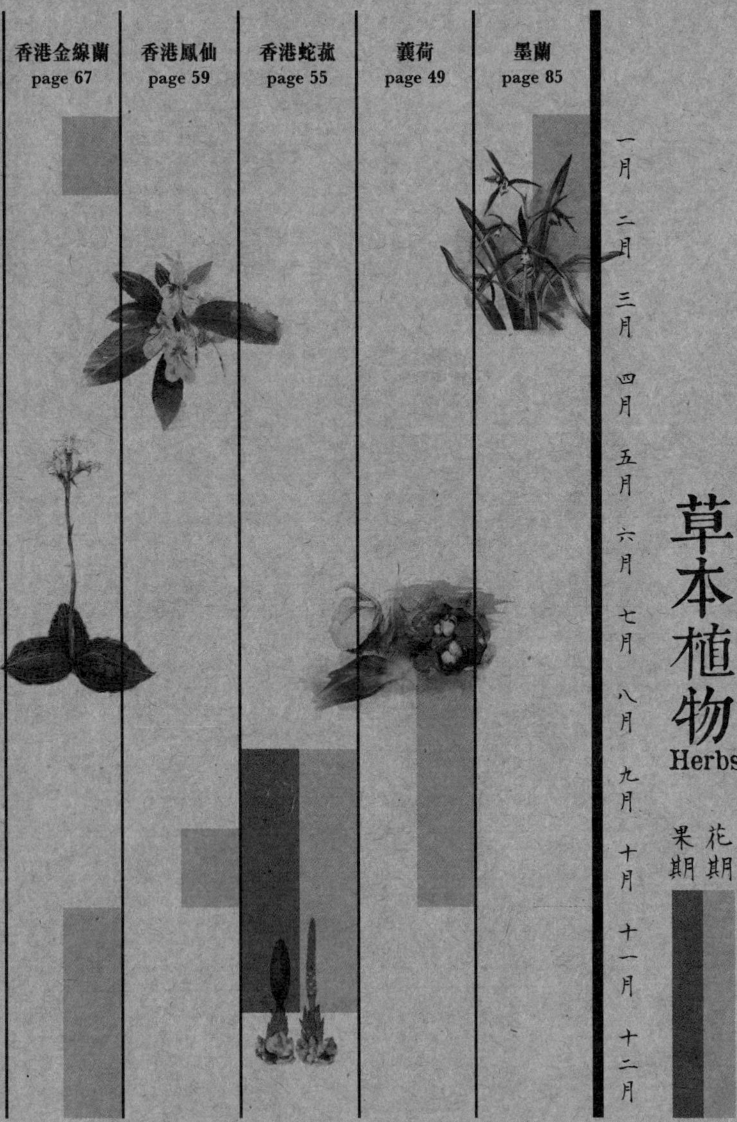
花期
果期
一月
二月
三月
四月
五月
六月
七月
八月
九月
十月
十一月
十二月
墨蘭
page 85
蘘荷
page 49
香港蛇菰
page 55
香港鳳仙
page 59
香港金線蘭
page 67

香港綬草
page 123
山菅蘭
page 143
蛇莓
page 117
車前草
page 113
薺菜
page 89
韓信草
page 71
一月
二月
三月
四月
五月
六月
七月
八月
九月
十月
十一月
十二月

草本植物 Herbs

小花鳶尾
page 173
香港過路黃
page 169
香港細辛
page 185
草豆蔻
page 181
南蛇棒
page 127
一月
二月
三月
四月
五月
六月
七月
八月
九月
十月
十一月
十二月
花期
果期

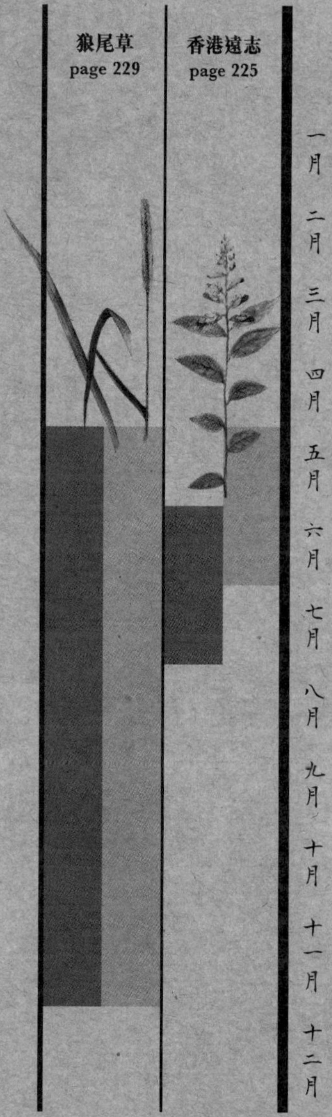

一月 二月 三月 四月 五月 六月 七月 八月 九月 十月 十一月 十二月

香港遠志
page 225

狼尾草
page 229

攀援植物

Climbers

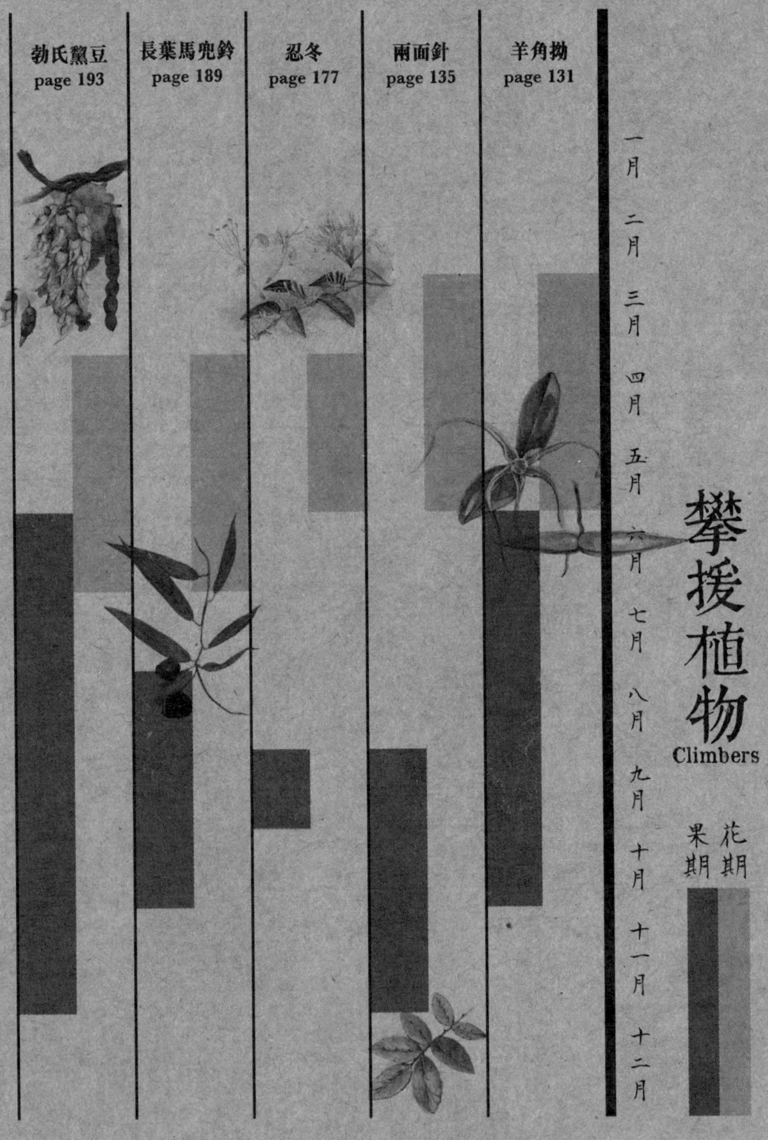

香港鷹爪花
page 233
蒲桃
page 221
玉葉金花
page 205
獅子尾
page 197
一月
二月
三月
四月
五月
六月
七月
八月
九月
十月
十一月
十二月

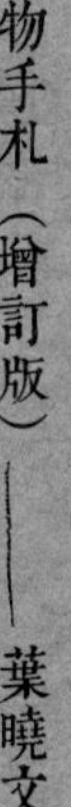

香港原生植物手札（增訂版）——葉曉文

責任編輯　莊櫻妮、趙寅
書籍設計　Kacey Wong

出　　版　三聯書店（香港）有限公司
香港北角英皇道四九九號北角工業大廈二十樓
Joint Publishing（Hong Kong）Co., Ltd.
20/F., North Point Industrial Building,
499 King's Road, North Point, Hong Kong

香港發行　香港聯合書刊物流有限公司
香港新界荃灣德士古道二二〇至二四八號十六樓

印　　刷　中華商務彩色印刷有限公司
香港新界大埔汀麗路三十六號十四字樓

版　　次　二〇一四年七月香港第一版第一次印刷
二〇二〇年一月香港增訂版第一次印刷
二〇二四年四月香港增訂版第二次印刷

規　　格　三十二開（130mm × 185mm）二八〇面

國際書號　ISBN 978-962-04-4531-6

三聯書店
http://jointpublishing.com

JPBooks.Plus
http://jpbooks.plus

葉曉文（Human Ip）

香港作家。曾獲青年文學獎小說公開組冠軍。亦為畫家，繪畫及文字作品散見於報章及雜誌。著有短篇小說集《殺寇》。愛好自然郊野，近年投身自然書寫。出版圖文著作《尋花——香港原生植物手札》、《尋花2——香港原生植物手札》、《尋牠——香港野外動物手札》、《隱山之人 *In situ*——短篇小說集》。曾舉辦個人畫展「花未眠」、「城市森林中的花與牠」及「在山上：筆記香港動植物」。現為尋花工作室 FloreScence 主理人；亦跟機構及學校合作，舉辦如講座、野外導賞、藝文創作坊等活動。

參考資料：

1. 香港植物標本室：http://www.herbarium.gov.hk/
2.《香港植物誌》（*Flora of Hong Kong*）卷一至卷四：漁農自然護理署出版，2007-2011。
3.《香港植物名錄 2012》：漁農自然護理署出版，2012。
4.《香港植物檢索手冊》：漁農自然護理署出版，2013。
5. 漁農自然護理署出版，《香港稀有及珍貴植物》：天地圖書，2003。
6. Shiu Ying Hu、Beryl M. Walden：*Wild flowers of Hong Kong around the year: paintings of 255 flowering plants from living specimens.* Hong Kong: Sino-American Pub., 1977.